Irresistible tentación

BRENDA JACKSON

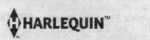

HARLEQUIN™

Editado por HARLEQUIN IBÉRICA, S.A.
Núñez de Balboa, 56
28001 Madrid

I.S.B.N.: 978-84-687-0938-3
Depósito legal: M-29209-2012
Editor responsable: Luis Pugni
Fotomecánica: M.T. Color & Diseño, S.L. Las Rozas (Madrid)
Impresión en Black print CPI (Barcelona)
Imagen de cubierta:
KOSTIANTYN GERASHCHENKO/DREAMSTIME.COM
Fecha impresion para Argentina: 20.5.13
Distribuidor exclusivo para España: LOGISTA
Distribuidor para México: CODIPLYRSA
Distribuidores para Argentina: interior, BERTRAN, S.A.C. Vélez
Sársfield, 1950. Cap. Fed./ Buenos Aires y Gran Buenos Aires,
VACCARO SÁNCHEZ y Cía, S.A.

Capítulo Uno

Algunos días no merecía la pena salir de la cama.

A no ser que tuvieses a un hombre alto, moreno, guapo y desnudo esperándote en la cocina para servirte un café antes de sentarte en su regazo para tomar el desayuno. Sheila Hopkins sonrió al imaginar algo tan maravilloso y entrecerró los ojos para que no la cegase el sol de noviembre que entraba a través del parabrisas.

Lo triste era que se había despertado de buen humor, pero solo había necesitado una llamada de su hermana, para decirle que prefería que no fuese a verla a Atlanta, para estropearle el día.

Sheila se sentía dolida, aunque el mensaje no debía haberla sorprendido. ¿Qué podía esperar de su hermana mayor, fruto del primer matrimonio de su padre? La misma hermana que siempre había deseado que ella no existiese. No podía esperar recibir amor fraternal a esas alturas. Si no le había demostrado ninguno en los veintisiete años de vida que tenía Sheila, ¿por qué había creído que iba a empezar a hacerlo entonces? Su hermana tenía una vida perfecta, con un marido que era dueño de su propia cadena de televisión en

Atlanta y dos maravillosos hijos, y estaba embarazada del tercero.

Y por si la breve y decepcionante conversación telefónica con Lois no hubiese sido bastante, nada más colgar había recibido otra llamada del hospital, para que fuese a trabajar aunque fuese su día libre porque estaban escasos de personal. Y, por supuesto, como era una enfermera muy entregada, había accedido a ir. Se había olvidado de que había planeado pasarse el día trabajando en el jardín. De todos modos, no tenía vida, ¿qué más daba?

Sheila tomó aire al detenerse en un semáforo. No pudo evitar mirar al hombre que había en el coche deportivo que se había parado a su lado. Solo lo veía de hombros para arriba, pero era muy guapo. Él la miró también, cortándole la respiración. Tenía unas facciones muy atractivas.

Tan atractivas, que Sheila tuvo que parpadear para cerciorarse de que era real. Tenía la piel morena, el pelo negro muy corto, los ojos marrones y la mandíbula fuerte. Y su mente puso aquel rostro en el cuerpo alto, moreno y desnudo que se había imaginado unos segundos antes. A Sheila le entraron ganas de echarse a reír.

Lo vio mover la cabeza y se dio cuenta de que la estaba saludando. Le devolvió el saludo instintivamente. Luego, lo vio sonreír de manera sensual y se obligó a mirar al frente. Y cuando el semáforo se puso en verde, pisó el acelerador. No quería que aquel tipo pensase que quería coquetear con él, por guapo que fuese. Hacía tiempo que había aprendido que no era oro todo lo que relucía. Crawford se lo había demostrado.

Tomó la salida que conducía al hospital y no pudo evitar pensar que no sabía que hubiese hombres tan guapos en Royal, Texas. Aunque no los conociese a todos, se habría fijado en uno así. Al fin y al cabo, Royal era una ciudad bastante pequeña. ¿Y si volvía a encontrárselo?

Nada.

No tenía tiempo ni ganas de tener una relación. Ya las había tenido en el pasado y ninguna había salido bien, por eso se había mudado de Dallas a Royal el año anterior, para empezar de cero. Aunque sabía que cambiar de ciudad era solo parte de la solución. Había llegado a la conclusión de que una mujer no necesitaba estar con un hombre poco recomendable para tener problemas. Las cosas también le podían ir mal estando sola.

Ezekiel Travers rio al ver cómo pisaba el acelerador la atractiva mujer que se había detenido a su lado.

Entonces pensó en su amigo, Bradford Price, al que alguien estaba intentando arruinarle la reputación. De acuerdo con lo que este le había dicho por teléfono un rato antes, el extorsionista había cumplido con su amenaza. Alguien había dejado un bebé en la puerta del Club de Ganaderos de Texas, con una nota que decía que Brad era el padre.

Tomó su teléfono móvil en cuanto se puso a sonar, sabiendo quién lo llamaba antes de responder.

—¿Brad?

—Zeke, ¿dónde estás?

—Llegaré en unos minutos. Y te prometo que voy a llegar al fondo del asunto.

—No sé qué broma de mal gusto me están queriendo gastar, pero te juro que ese bebé no es mío.

Zeke asintió.

—Eso se arreglará con una prueba de paternidad, Brad, así que tranquilízate.

No tenía motivos para no creer a su mejor amigo si este le decía que el niño no era suyo. Brad no le mentiría acerca de algo así. Eran amigos desde que habían compartido habitación mientras estudiaban en la Universidad de Texas. Después de terminar sus estudios, Brad había vuelto a Royal a trabajar en el imperio bancario de su familia.

De hecho, había sido este quien le había sugerido que se fuese a vivir a Royal cuando él le había contado su intención de marcharse de Austin.

Zeke había conseguido una pequeña fortuna y muy buena fama como asesor de seguridad en todo Texas. En esos momentos podía vivir donde quisiera y escoger los casos en los que quería trabajar.

Y también había sido Brad quien lo había puesto en contacto con Darius Franklin, otro detective privado de Royal, que tenía una empresa de seguridad y buscaba un socio. Había animado a Zeke a volar a Royal. Y él se había enamorado a primera vista de la ciudad y se había llevado bien con Darius desde el principio. De eso habían pasado seis meses. Al trasladarse a la ciudad no había imaginado que su primer cliente sería ni más ni menos que su mejor amigo.

–Apuesto a que Abigail está detrás de esto.

La acusación de Brad interrumpió los pensamientos de Zeke. Abigail Langley y Brad estaban disputándose acaloradamente la presidencia del Club de Ganaderos de Texas.

–No tienes ninguna prueba y, hasta el momento, no he conseguido encontrar la relación entre la señorita Langley y esas cartas anónimas que has recibido, Brad, pero te aseguro que si tiene algo que ver con el tema, la descubriré. Ahora, espérame sentado, no tardaré en llegar.

Colgó el teléfono sabiendo que pedirle a Brad que lo esperase sentado era una pérdida de tiempo. Suspiró. Brad había empezado a recibir cartas de chantaje cinco meses antes. Zeke no pudo evitar pensar que si hubiese estado en su mejor momento habría resuelto el caso hacía meses y no habrían abandonado a un niño en el club.

Sabía muy bien lo que era eso. Con treinta y tres años, todavía le dolía haber sido abandonado. Aunque su madre no lo había dejado delante de una puerta, sino con su hermana. Y no había vuelto a aparecer hasta dieciséis años más tarde. Por entonces, él estaba ya en el último año de universidad y su madre solo se había quedado el tiempo suficiente para ver si Zeke tenía alguna oportunidad de jugar en la Liga Nacional de Fútbol Americano.

Intentó no pensar en aquella época tan dolorosa de su vida y concentrarse en el problema que tenía entre manos. Si se suponía que dejar a un bebé en el club, con una nota que decía que el padre era Brad era una broma, no era nada graciosa. Y Zeke pretendía asegurarse de que Brad y él serían los que riesen los últimos al descubrir a la persona responsable de un acto tan vil.

Nada más llegar a la planta del hospital en la que trabajaba, Sheila se dio cuenta de por qué la habían llamado. Había varias enfermeras de baja por enfermedad y las urgencias estaban llenas de pacientes con todo tipo de dolencias, desde aquellos con gripe hasta un hombre que había estado a punto de perder un dedo mientras cortaba un árbol en su jardín. También había un par de afectados por accidentes de tráfico de poca importancia.

Al menos de uno de los accidentes había salido algo bueno. Un hombre le había pedido a su novia que se casase con él, pensando que estaba más grave de lo que lo estaba en realidad. Hasta Sheila tenía que admitir que había sido un momento muy romántico. Algunas mujeres tenían mucha suerte.

–Así que has venido en tu día libre, ¿eh?

Sheila miró a su compañera y sonrió. Jill Lanier también era enfermera, se habían conocido el día que había llegado al Royal Memorial y se habían hecho amigas. Ella se había mudado a Royal sin conocer a nadie allí, aunque no le había importado. Estaba acostumbrada a estar sola. Era la historia de su vida.

Estaba a punto de responder a Jill cuando unos gritos la interrumpieron.

Se giró y vio a dos policías con un bebé llorando. Tanto Jill como ella corrieron a recibirlos.

–¿Qué ocurre, oficiales? –les preguntaron.

Uno de ellos, el que tenía al bebé en brazos, sacudió la cabeza.

–No sabemos por qué llora –comentó frustrado–. Alguien la ha dejado en la puerta del Club de Ganaderos de Texas y nos han dicho que la traigamos aquí.

Sheila sabía que el Club de Ganaderos de Texas había sido fundado por un grupo de hombres que se consideraban protectores de Texas y que entre sus miembros estaban los más ricos del estado. Lo bueno era que el club apoyaba muchas buenas causas en la comunidad. Gracias a él, había una unidad nueva de oncología en el hospital.

Jill tomó al bebé en brazos y este lloró todavía con más fuerza.

–¿En el club? ¿Por qué iba a hacer alguien semejante cosa?

–Quién sabe por qué abandona la gente a sus hijos –dijo uno de los policías.

Parecía contento de haberle pasado al bebé a otra persona. Jill, que era un par de años más joven que Sheila, estaba soltera y no tenía hijos, y lo miró como preguntándole qué se suponía que debía hacer con el bebé.

–Había una nota para los servicios sociales, según la cual Bradford Price es el padre.

Sheila arqueó una ceja. No conocía a Bradford Price en persona, pero había oído hablar de él. Su familia formaba parte de la alta sociedad. Al parecer, había ganado muchos millones con la banca.

–¿Y va a venir alguien de los servicios sociales? –preguntó Sheila en voz alta, para que se la oyera por encima del llanto del bebé.

–Sí. Price dice que el bebé no es suyo. Hay que hacer una prueba de paternidad.

Sheila asintió. Eso tardaría un par de días, incluso una semana.

–¿Y qué se supone que tenemos que hacer con la niña hasta entonces? –preguntó Jill mientras la mecía entre sus brazos, intentando tranquilizarla sin mucho éxito.

–Tenerla aquí –respondió uno de los policías retrocediendo como si fuese a echar a correr–.

La trabajadora social viene de camino. La niña no tiene nombre, al menos, que sepamos.

El otro policía, el que había llegado con el bebé en brazos, comentó:

–Lo siento, pero nosotros tenemos que marcharnos. Me ha vomitado encima, así que tengo que pasarme por casa a cambiarme de ropa.

–¿Y el informe policial? –preguntó Sheila cuando ya se alejaban.

–Está terminado y, como he dicho, viene una trabajadora social de camino –repitió el policía.

–No puedo creer que nos la hayan dejado aquí –comentó Jill–. ¿Qué vamos a hacer con ella? Una cosa está clara, tiene unos buenos pulmones.

Sheila sonrió.

–Vamos a seguir el procedimiento y a examinarla. Tal vez llore porque le ocurre algo. Llamemos al doctor Phillips.

–Yo llamaré al doctor Phillips, te toca sujetarla a ti –le dijo Jill, pasándole al bebé antes de que a Sheila le diese tiempo a contestar.

–Eh, eh, cariño, tranquilízate –le dijo a la niña para calmarla.

Salvo cuando había trabajado en la planta de pediatría del hospital, nunca había tenido a un bebé en brazos. Lois tenía dos hijos y estaba embarazada del tercero, pero Sheila solo había visto dos veces a sus sobrinos de cinco y tres años. A su hermana nunca le había parecido bien que su padre se hubiese casado con la madre de Sheila y esta sentía que era ella la que lo estaba pagando. Lois, que era cuatro años mayor que ella, nunca había querido aceptarla. Sheila siempre había tenido la esperanza de que algún día cambiase de actitud, pero, por el momento, no había ocurrido.

Apartó a Lois de su mente y continuó sonriendo al bebé, que la miró con sus bonitos ojos marrones y, de repente, dejó de llorar. De hecho, sonrió y dos hoyuelos aparecieron en sus mejillas.

Sheila no pudo evitar echarse a reír.

–¿De qué te ríes, muñeca? ¿Te parezco graciosa?

La niña volvió a sonreír de oreja a oreja.

–Eres una preciosidad cuando sonríes –continuó ella–. Hasta que sepamos tu nombre, te llamaré Sunnie.

–El doctor Phillips viene de camino y a mí me necesitan en la cuarta planta –le dijo Jill, yendo hacia el ascensor–. ¿Cómo has conseguido que deje de llorar?

Sheila se encogió de hombros y volvió a mirar al bebé, que seguía sonriéndole.

–Supongo que le gusto.

–Eso parece –dijo una voz profunda y masculina a sus espaldas.

Sheila se giró y se encontró con los ojos marrones más bonitos que había visto en un hombre. Unos ojos que no era la primera vez que veía.

Lo reconoció al instante, era el tipo cuyo coche se había detenido al lado del suyo en el semáforo. El hombre que le había sonreído sensualmente antes de que se marchara.

Al parecer, no había servido de nada, ya que volvía a tenerlo allí en persona.

Capítulo Dos

Zeke pensó que era la segunda vez en el día que veía a aquella mujer. Y volvió a pensar que estaba muy bien... aunque fuese en pijama. Tenía el pelo moreno y ondulado, los ojos marrones claros y una exquisita piel color café con leche.

Tenía un cuerpo curvilíneo y era enfermera. Por él, podía tomarle la temperatura cuando y donde quisiese. Incluso en ese momento, porque estaba seguro de que, solo de mirarla, le estaba subiendo.

–¿Puedo ayudarlo?

Zeke parpadeó y tragó saliva.

–Sí, ese bebé que tiene en brazos...

Ella frunció el ceño y se lo apretó contra el pecho.

–Sí, ¿qué pasa con él?

–Quiero saberlo todo de él.

–¿Y quién es usted? –preguntó ella, arqueando una ceja.

Él intentó esbozar una sonrisa encantadora.

–Zeke Travers, investigador privado.

Sheila abrió la boca para hablar, pero una voz masculina se le adelantó.

–¡Zeke Travers! ¡Qué tío! Junto con Brad Price de *quarterback* y con Chris Richards de receptor, jugasteis la mejor temporada de la Universidad de Texas de la historia. Ese año ganasteis un campeonato nacional. Había oído que estabas en Royal.

Sheila vio acercarse al doctor Warren Phillips y darle un abrazo al otro hombre. Era evidente que se conocían.

–Sí, vine hace seis meses –le respondió Zeke–. Austin me resultaba cada vez más grande, así que decidí mudarme a una ciudad más pequeña. Brad me convenció de que Royal era el mejor lugar. Y yo convencí a Darius Franklin de que necesitaba un socio.

–¿Estás con Darius en Global Securities?

–Sí, y por el momento la cosa marcha bien. Darius es un buen hombre y a mí me gusta mucho la ciudad, cada vez más –le dijo, mirando a Sheila a los ojos.

Ella le mantuvo la mirada.

Hasta que el doctor Phillips se aclaró la garganta, recordándoles que no estaban solos.

–¿Y qué te trae al Royal Memorial, Zeke? –le preguntó el doctor Phillips.

–Ese bebé. Lo han abandonado en la puerta del Club de Ganaderos de Texas con una nota en la dice que Brad es el padre. Pretendo demostrar que no es cierto.

–En ese caso –dijo el doctor–, vamos a examinarlo.

15

Un rato después, el doctor Phillips se guardaba el estetoscopio y se apoyaba en la mesa.

–Bueno, la niña está sana.

Luego rio y añadió:

–Y es evidente que solo quiere estar con usted, señorita Hopkins.

Sheila se echó a reír mientras miraba a la niña, que volvía a estar en sus brazos.

–Es preciosa. No sé cómo han podido abandonarla.

–Pues ha ocurrido –comentó Zeke.

Ella se estremeció y se giró ligeramente hacia él, que estaba al fondo de la habitación.

–¿Y cómo puede estar tan seguro de que no es hija de Bradford Price, señor Travers? Lo he visto un par de veces y también tiene los ojos castaños.

Él frunció el ceño.

–En este país hay un millón de personas con los ojos marrones, señorita Hopkins.

Era evidente que no le gustaba que se cuestionase esa posibilidad, así que Sheila miró al doctor Phillips.

–¿Ha dicho la asistenta social que ha venido mientras la estaba examinando qué va a ser de Sunnie? –preguntó.

El doctor Phillips arqueó una ceja.

–¿Sunnie?

–Sí –respondió ella sonriendo–. Como no sabemos su nombre, he pensado que Sunnie le iba bien. Mejor que Jane Doe, por ejemplo.

—Estoy de acuerdo —dijo el doctor riendo—. La trabajadora social, la señorita Talbert, está tan sorprendida como todos los demás, sobre todo, porque Brad asegura que el bebé no es suyo.

—No es suyo —intervino Zeke—. Hacía cinco meses que Brad estaba recibiendo anónimos que lo amenazaban con algo así si no pagaba.

Zeke se frotó la nuca.

—Le dije que no hiciese nada mientras yo los investigaba. Sinceramente, no pensé que cumplirían con las amenazas si Brad no pagaba, pero es evidente que me equivocaba —añadió.

Y eso era lo que más lo molestaba, tenía que haber resuelto el caso antes. Y lo que la enfermera Hopkins había comentado era cierto, la niña tenía los ojos del mismo color que los de Brad.

Ya le había preguntado a este si había alguna posibilidad de que la niña fuese suya, teniendo en cuenta su fama de mujeriego, pero Brad le había asegurado que no, que no se había acostado con ninguna mujer en los últimos dieciocho meses. Y según la asistenta social el bebé tenía unos cinco.

—La señorita Talbert quiere esperar a ver los resultados de la prueba de paternidad —añadió el doctor Phillips—. Y yo le he dicho que podemos ocuparnos del bebé hasta entonces.

—¿Aquí?

—Sí, será lo mejor, hasta que tengamos los resultados, si es que a Brad no le importa hacerse la prueba.

–Brad sabe que es lo mejor y cooperará todo lo posible –comentó Zeke.

–Pero no me parece justo que Sunnie tenga que quedarse aquí, en el hospital, estando sana –protestó Sheila–. La señorita Talbert ha dicho que los resultados de la prueba pueden tardar hasta dos semanas en llegar.

Luego miró a Zeke.

–Yo creo que, sea suyo o no, su cliente querrá lo mejor para la niña.

Zeke se cruzó de brazos.

–¿Y qué sugiere, señorita Hopkins? Yo creo que aquí es donde mejor va a estar. Si se la llevan los servicios sociales la pondrán en acogida temporalmente y cuando se demuestre que mi cliente no es el padre, ya no habrá nada más que hacer.

Sheila se mordió el labio inferior. Bajó la vista y miró a la niña. Fuese cual fuese el motivo, la madre de Sunnie no la había querido, y era injusto que la pequeña sufriese por ello. Sabía por experiencia lo que era no ser querida.

–Tengo una idea, enfermera Hopkins, siempre que a usted le parezca bien –dijo el doctor Phillips–. Y que la señorita Talbert esté de acuerdo.

–¿Sí?

–Hace unos años, la esposa de uno de mis colegas, el doctor Webb, se vio en una situación si-

milar a esta antes de casarse. Winona había creci-
do en acogida y no quiso que a aquel bebé le ocurriese lo mismo. En resumen, que Winona y
Webb se casaron y se quedaron con el bebé.

Sheila asintió.

–¿Y qué sugiere?

El doctor Phillips sonrió.

–Que te quedes tú con Sunnie hasta que se re-
suelva todo. Creo que podré convencer a la señorita Talbert de que es lo mejor para la niña.

–¿Yo? ¡Madre de acogida! No sé nada de bebés.

–No me lo creo. Esa niña solo quiere estar en
sus brazos –comentó Zeke–. Además, es enfermera, está acostumbrada a cuidar de la gente. Pro-
pongo que el hospital le dé una pequeña exce-
dencia durante el tiempo que tenga que estar
cuidando de ella. Mi cliente estará encantado de
pagarla por ello.

–Yo creo que es una excelente idea –admitió
Warren–. Se la trasladaré al departamento de personal. Lo importante es el bienestar de Sunnie.

Sheila estaba de acuerdo en eso. ¿Pero cómo
iba a quedarse ella con la niña?

–¿Cuánto tiempo cree que tendré que ocuparme de ella? –preguntó, mirando a Sunnie, que le
estaba sonriendo.

–No más de un par de semanas, como mucho
–dijo Zeke–. En cuanto tengamos los resultados
de la prueba de paternidad sabremos cómo pro-
ceder.

Sheila se mordió el labio inferior, Sunnie le agarró un mechón de pelo y tiró de él, obligándola a mirarla. Entonces supo que tenía que hacerlo. Sunnie necesitaba temporalmente un hogar y ella se lo daría. Era lo menos que podía hacer y, en el fondo, sabía que quería hacerlo. Era la primera vez que sentía que alguien la necesitaba de verdad.

Miró a los ojos a los hombres que estaban esperando su respuesta y tomó aire.

—Está bien. Seré la madre de acogida de Sunnie.

Zeke se quitó la chaqueta, se subió al coche y se quedó mirando la puerta del hospital. Le gustaba que Sheila Hopkins hubiese accedido a quedarse con la niña. Esta estaría bien cuidada mientras él resolvía el caso y limpiaba el nombre de Brad.

Iba a remover cielo y tierra para hacerlo.

También esperaba poder controlar la atracción que sentía por la señorita Hopkins, que era toda una tentación. Estar en un lugar cerrado con ella, incluso con Warren en la misma habitación, había sido una tortura. Era muy guapa, aunque no parecía ser consciente de ello. ¿Por qué? No llevaba alianza y cuando le había preguntado a Warren por ella, en privado, este se había limitado a contarle que era una empleada modélica, digna de confianza e inteligente.

Warren también le había confirmado que estaba soltera y que se había mudado de Dallas el año anterior, pero, aun así, no estaría mal investigarla un poco. No quería que fuese de esas personas que vendían su historia a los periódicos. Aquello era lo último que necesitaba Brad. Su mejor amigo dependía de él para terminar con aquella pesadilla, y lo haría.

Zeke iba a arrancar cuando vio a Sheila Hopkins por el espejo retrovisor. Se dirigía al coche en el que la había visto esa mañana a toda prisa. Zeke sintió curiosidad, bajó del suyo y fue a interceptarla.

–¿Qué hace? –preguntó ella, sobresaltándose al ver que se le ponía delante–. Me ha dado un susto de muerte.

–Lo siento, pero la he visto y me he preguntado adónde iba tan deprisa.

Sheila tomó aire e intentó calmar su respiración. Miró a Zeke Travers y no pudo evitar sentir un cosquilleo en el estómago.

–Voy a dejar a Sunnie a pasar la noche en el hospital mientras yo consigo todo lo que voy a necesitar para tenerla en casa: una cuna, pañales, ropa y otras cosas. Voy a ir a comprarlo todo ahora y volveré mañana a primera hora, en cuanto lo tenga todo preparado en casa.

Hizo una pausa antes de continuar.

–Odio tener que dejarla aquí. Se ha puesto a llorar cuando me he ido. Me siento como si la hubiese abandonado.

Zeke se sintió aliviado al ver que era una mujer incapaz de abandonar a un niño. Su propia madre no había sido así. Tomó aire y se dijo que no había pensado en los gastos que originaría todo aquello para Sheila Hopkins.

–Permita que la acompañe a hacer las compras. Así pagaré yo.

Ella arqueó una ceja.

–¿Por qué?

–Porque sea o no el padre Brad, y no lo es, quiere que el bebé esté bien y que todas sus necesidades estén cubiertas.

No lo había hablado con Brad, pero estaba seguro de que no habría ningún problema.

Ella se quedó mirándolo, pensativa, y luego le preguntó:

–¿Está seguro? Tengo que admitir que mi presupuesto es un poco limitado, pero haré un esfuerzo si hace falta…

–No, no será necesario. Brad se hará cargo de todo y yo la acompañaré.

Sheila volvió a sentir un cosquilleo en el estómago. Lo último que necesitaba era estar demasiado tiempo con Zeke Travers.

–No hace falta, pero muchas gracias.

–Insisto. ¿Por qué no quiere que la ayude? Serán dos manos más. Dejaremos aquí su coche, así podrá venir a ver al bebé más tarde. Podemos ir en el mío.

Ella arqueó una ceja.

–Es un dos plazas.

Él rio.

–Sí, pero también tengo un todoterreno, que nos va a hacer falta para meter la cuna del bebé. Y la silla del bebé que va a necesitar mañana para llevarse a la niña a casa.

Sheila levantó la cabeza y respiró hondo. No había pensado en todo eso. Tenía que hacer una lista de todo lo que iba a necesitar. Y, sí, querría volver a ver a Sunnie esa noche, antes de marcharse a casa.

–¿Señorita Hopkins?

Ella volvió a mirar a Zeke Travers.

–De acuerdo. Acepto su generosidad. Si está seguro de que no le viene mal acompañarme.

–Estoy seguro de que no me viene mal –respondió él sonriendo–. Como le he dicho, Brad quiere lo mejor para el bebé, aunque no sea suyo.

Sheila arqueó una ceja.

–Lo veo muy seguro de eso, señor Travers.

–Lo estoy, aunque, además de asegurarme de que el bebé está bien, voy a tener que ocuparme de limpiar su nombre. Y, hablando de nombres, por qué no me llamas Zeke, en vez de señor Travers.

–De acuerdo.

–Y espero que no te importe que yo te llame Sheila.

–No, no me importa.

A Sheila se le hizo un nudo en el estómago al oír que la llamaba por su nombre y atravesó el

23

aparcamiento con la cabeza llena de preguntas. Si Bradford Price no era el padre de la niña, entonces, ¿quién? ¿Dónde estaba la madre y por qué la había abandonado con una nota en la que decía que Bradford era el padre si no lo era?

Estaba segura de que el hombre que tenía a su lado también quería encontrar las respuestas lo antes posible. Parecía el tipo de personas que conseguían todo lo que se proponían. Y era evidente que estaba dispuesto a llegar al fondo de aquel caso.

Tal vez lo que más le preocupase a Zeke fuese su amigo, pero a ella le preocupaba Sunnie. ¿Qué le ocurriría si se demostraba que Bradford no era el padre? ¿Dejaría de importarle a este el bienestar de la niña?

A ella seguiría importándole y, en ese momento, se prometió cuidar de Sunnie todo lo que pudiera.

Capítulo Tres

De camino a hacer las compras para el bebé, Sheila colgó el teléfono, suspiró profundamente y miró a Zeke.

–Acabo de hablar con una de las enfermeras de pediatría. Sunnie ha estado llorando hasta que se ha quedado dormida –le dijo.

No hacía falta que le contase que ella sabía muy bien lo que era quedarse dormida llorando mientras su madre estaba ocupada intentando cazar a otro marido rico. Su padre, por su parte, había dejado a Cassie Hopkins nada más darse cuenta de que solo quería su dinero y se había llevado a Lois con él.

–Me alegro de que esté dormida, Sheila –comentó Zeke.

Y ella volvió a sentir un cosquilleo en el estómago al oír cómo decía su nombre.

–¿Cuánto tiempo llevas en Royal? –le preguntó él.

Sheila lo miró.

–Un año.

–¿Y te gusta?

–Por ahora, sí. La gente es agradable, aunque paso mucho tiempo en el hospital, así que todavía no conozco a todos mis vecinos, solo a los de al lado.

Miró por la ventanilla. No quería contarle que cuando no estaba trabajando solía estar en casa. Los compañeros del hospital se habían convertido en su familia.

Había accedido a tomarse dos semanas de baja e iba a estar muy ocupada cuidando de Sunnie, y lo cierto era que la idea le gustaba.

–Estás sonriendo.

Ella volvió a mirarlo. ¿Es que se fijaba en todo?

–¿Es un delito?

Él rio.

–No.

–Ahora estás sonriendo tú –replicó Sheila.

–¿Es un delito?

Sheila sonrió también y sacudió la cabeza.

–No.

–Me alegro, porque en el caso contrario nos detendrían a los dos. Y yo pediría que nos encerrasen juntos en la misma celda.

Ella se dijo a sí misma que no debía darle importancia al comentario. Era un hombre. No era el primero que intentaba coquetear con ella, pero pronto se daría cuenta de que era una pérdida de tiempo. No quería saber nada de los hombres. Le gustaba tener su espacio y si en esos momentos estaba con él, era solo por Sunnie.

Llegaron a una urbanización de casas grandes, con terreno. Había oído hablar de ella, era una de las mejores urbanizaciones de Royal. Era evidente que a Zeke le iba bien el negocio.

–¿Vives aquí? –le preguntó.

–Sí. Vine de Austin buscando un apartamento y terminé comprándome una casa. Siempre había querido tener una casa con terreno y caballos, y me pareció una buena inversión.

–¿Cuántos caballos tienes?

–Ahora mismo, doce. Aunque pretendo tener más. ¿Sabes montar?

Sheila pensó en el segundo y en el tercer marido de su madre y asintió.

–Sí, sé montar.

Él se miró el reloj.

–No tardaré en sacar el otro coche –dijo–, si quieres puedes entrar en casa y echar un vistazo.

–No, gracias, te esperaré aquí fuera.

Zeke salió del coche y se giró a mirarla con una sonrisa.

–No muerdo, ¿sabes?

–Si pensase lo contrario, no estaría aquí –le respondió ella.

–Entonces, ¿te parezco inofensivo? –preguntó él.

–Inofensivo, no, pero sí manejable. Estoy convencida de que tu mayor preocupación en estos momentos es averiguar quién quiere perjudicar a tu amigo. No tienes tiempo para nada más.

Zeke le dedicó una sensual sonrisa.

–No estés tan segura, Sheila Hopkins –le contestó antes de cerrar la puerta e ir hacia la casa.

Y ella pensó que su manera de andar era tan sexy como su sonrisa.

Zeke abrió la puerta de casa y oyó su teléfono móvil. Cerró la puerta y respondió.

–Dime, Brad.

–No me has llamado. ¿Qué tal el bebé?

Zeke se apoyó en la pared que daba a la escalera.

–Bien, pero llora mucho.

–Ya me he dado cuenta. Y nadie consigue callarla. ¿La han examinado para ver si le pasa algo?

Zeke sonrió.

–Sí. Resulta que Waren Phillips estaba de guardia y ha sido él quien la ha visto y me ha dicho que la niña está sana.

–Me alegro. Estaba preocupado por ella.

–¿Estás seguro de que no quieres contarme nada? –le preguntó él–. Resulta que tiene tus ojos.

–No seas tonto, Zeke. La niña no es mía, pero es un bebé y no puedo evitar preocuparme por él.

–Eh, tío, era solo una broma, te entiendo. Yo también me preocupo por ella, aunque tal vez se hayan terminado todas nuestras preocupaciones mientras continúo con la investigación.

–¿Qué quieres decir?

–Que hay una enfermera en el Royal Memorial, que se llama Sheila Hopkins, que ha conseguido que la niña deje de llorar. Es muy extraño. Llora con todo el mundo, menos con ella, que solo sonríe.

–No me digas.

–Sí, lo he visto con mis propios ojos. Warren ha sugerido que Sheila se quede con Sunnie temporalmente –le explicó Zeke.

–¿Sunnie?

–Sí, es como la ha llamado Sheila por el momento.

–¿Y la tal Sheila Hopkins está de acuerdo en quedarse con ella?

–Sí, hasta que lleguen los resultados de la prueba de paternidad, así que cuanto antes te la hagas, mejor.

–Tengo cita para hacérmela mañana.

–Bien. Yo voy a ir con Sheila a comprar todo lo necesario para el bebé. Está soltera y no tiene hijos propios, así que necesita de todo. Ya te pasaré la cuenta, por cierto.

–De acuerdo –dijo Brad–. Yo había pensado en contratar a una niñera...

–Ni se te ocurra. No queremos que nadie piense que lo haces porque te sientes culpable, Brad. Si no, lo siguiente que pensarán es que la niña es tuya.

–Sí, pero ¿qué sabemos de esa enfermera? Has dicho que está soltera. Tal vez se le dé bien su trabajo, pero ¿estás seguro de que sabe cuidar de un bebé?

—Lo único que sé de ella es lo que Warren me ha contado. Que lleva más o menos un año trabajando en el hospital, pero no te preocupes, ya le he pedido a Roy que la investigue.

En ese momento, Zeke oyó un ruido a sus espaldas, se giró y vio a Sheila apoyada en la puerta, con los brazos cruzados. A juzgar por su gesto, había oído parte de la conversación con Brad y no estaba nada contenta.

—Brad, tengo que colgarte. Luego te llamaré —le dijo a su amigo.

Antes de que le diese tiempo a abrir la boca, Sheila puso los brazos en jarras y frunció el ceño.

—Por favor, llévame al hospital a por mi coche. No pienso quedarme aquí con un hombre que no confía en mí.

Luego se dio la vuelta, cruzó de nuevo el umbral y cerró la puerta dando un portazo.

Sheila estaba ya por la mitad del camino cuando Zeke la alcanzó y la agarró del brazo.

—Deja que me marche —le dijo ella enfadada.

—Tenemos que hablar y prefiero que no lo hagamos aquí fuera —respondió él.

Ella lo fulminó con la mirada.

—Y yo prefiero que no lo hagamos en ninguna parte. No tengo nada que decirte. ¿Cómo te atreves a pedir que me investiguen como si fuese una delincuente?

—Yo no he dicho que fueses una delincuente.

–Entonces, ¿por qué quieres que me investiguen, Zeke?

–Soy investigador privado, Sheila. Me dedico a investigar a la gente. No es nada personal, pero piénsalo. Sunnie va a estar a tu cuidado dos semanas. No te conozco y necesito saber que está en un lugar seguro y que, además, eres alguien en quien Brad y yo podemos confiar. ¿No te gustaría que investigase a la persona que acogiese a la niña?

Sheila suspiró profundamente, sabía que la respuesta era sí.

–Pero yo jamás le haría daño.

–Te creo, pero tengo que estar seguro. Solo quiero averiguar lo básico para saber que no tienes un historial delictivo.

Después de un momento, añadió:

–Venga, vamos a hablar dentro.

Ella lo pensó y decidió que tal vez fuese lo mejor. Tenía tendencia a levantar la voz cuando se enfadaba.

–Está bien –dijo, echando a andar hacia la casa delante de él.

Cuando Zeke entró en casa detrás de ella, Sheila ya estaba yendo y viniendo por el salón, todavía enfadada. Él cerró la puerta con cuidado, se apoyó en ella, se cruzó de brazos y la observó. Le volvió a sorprender lo guapa que era.

No sabía por qué, pero en esos momentos le

atraía todavía más que antes. Había fuego en su mirada y balanceaba las caderas de manera muy sensual.

Entonces se quedó quieta y puso los brazos en jarras. No era muy alta, pero con aquella mirada estaba consiguiendo que él se sintiese más pequeño de lo que era. Zeke no había querido que oyese su conversación con Brad. ¿Acaso no había dicho que no quería entrar?

—Se suponía que ibas a quedarte fuera. Dijiste que no querías entrar —le espetó sin saber por qué.

Ella se puso todavía más recta.

—¿Y eso te daba derecho a hablar de mí?

A Zeke se le aceleró el corazón. No tenía tiempo ni ganas de lidiar con una mujer enfadada.

—Mira, Sheila, como ya te he dicho, soy investigador privado. Mi trabajo consiste en conocer a la gente y no me gustan las sorpresas. Investigaré a cualquiera que vaya a estar con la niña.

Se frotó la cara y suspiró con frustración.

—Mira. No pretendía cuestionarte. Solo le quería asegurar a mi cliente que esa niña que alguien dice que es suya está en el mejor lugar posible hasta que se solucione todo y tengamos los resultados de la prueba de paternidad. No tienes por qué tomártelo de manera personal. No se trata de ti, sino de Sunnie. Aunque hubieses sido la suegra del presidente, te habría investigado. Mi cliente tiene mucho dinero y mi trabajo es protegerlo bajo cualquier circunstancia.

Hizo una breve pausa.

–Tú quieres lo mejor para Sunnie, ¿verdad?

–Por supuesto.

–Pues yo también. Y Brad también. El bebé ha sido abandonado y lo último que querría es que no tuviese estabilidad en su vida durante las próximas semanas. Es lo mínimo. Nadie sabe qué le va a ocurrir después.

Sus palabras empezaron a calmar a Sheila. Aunque no quisiese admitirlo, Zeke tenía razón. No se trataba de ella, sino de Sunnie. La niña debía ser la principal preocupación de todo el mundo.

–Está bien –dijo–. Solo has hecho tu trabajo. Ahora, llévame de vuelta al hospital.

–Vamos a ir a comprar las cosas del bebé tal y como habíamos planeado, Sheila. Todavía necesitas mi coche, así que intenta tranquilizarte y olvídate de tus emociones.

–¡De mis emociones! –exclamó ella, acercándose a Zeke sin pensarlo.

–Sí, de tus emociones –repitió él en voz baja, agarrándole le barbilla–. ¿Te han dicho alguna vez que te pones muy sexy cuando te enfadas?

Y antes de que a Sheila le diese tiempo a volver a respirar, Zeke inclinó la cabeza y la besó.

¿Por qué tenía que tener los labios tan suaves?

¿Por qué tenía que saber tan bien?

¿Y por qué no se le estaba resistiendo?

Zeke se preguntó todo aquello mientras besaba a Sheila, pero apartó aquellas preguntas de su mente y profundizó el beso.

La agarró por la cintura para acercársela más y le devoró los labios. Notó sus pezones endurecidos contra el pecho y supo que no era el único al que le estaba afectando el beso. Era evidente que Sheila no estaba acostumbrada a que la besasen, al menos, de esa manera, y parecía insegura, pero él lo remedió llevando las riendas. La oyó gemir y le gustó.

Habría podido seguir besándola durante horas… días… meses, pero la idea le dio que pensar y poco a poco se separó de ella. Horas, días y meses significaba tener un compromiso con una mujer y él no se comprometía. Tenía aventuras, nada más. Y tampoco quería mezclar los negocios con el placer.

El primer pensamiento coherente que tuvo Sheila después de que Zeke apartase los labios de los suyos fue que nunca, ni en sus mejores sueños, la habían besado así. Todavía sentía un cosquilleo por todo el cuerpo y tenía los músculos sin fuerza.

Tomó aire lentamente, lo mantuvo en los pulmones y después empezó a soltarlo. Todavía tenía su sabor en la lengua.

Lo miró y balbució un par de improperios. No debía haber permitido que la besase así. A pesar de que lo había disfrutado. Él la miraba como si quisiese repetir. Sheila se aclaró la garganta.

—¿Por qué me has besado?

«¿Por qué la has besado?», se preguntó Zeke también mientras retrocedía. Tenía que poner distancia entre ambos si no quería sentirse tentado a volver a hacerlo.

—Porque estabas hablando —dijo él, utilizando la primera excusa que se le ocurrió.

—No.

Zeke arqueó una ceja e intentó recordar que había ocurrido justo antes de que la besase. Entonces lo recordó y se encogió de hombros.

—Da igual. Ibas a decir algo de lo que te habrías arrepentido y he decidido evitarlo.

Sheila frunció el ceño.

—No lo vuelvas a hacer.

Él volvió a esbozar aquella sonrisa tan sexy que Sheila había visto un rato antes y, en vez de decirle que no volvería a besarla, le preguntó:

—Dime, ¿por qué has entrado en casa? Dijiste que ibas a quedarte fuera.

A Sheila le pareció bien el cambio rotundo de tema.

—Tu coche había empezado a pitar.

Él sonrió todavía más y le salieron unos hoyuelos en las mejillas.

—Era el fax, lo tengo instalado en el salpicadero, de manera que no se nota que está ahí.

Ella sacudió la cabeza.

—¿Qué eres, como James Bond?

–No. Bond es un agente secreto. Yo soy detective. No es lo mismo.

Se miró el reloj.

–Si te parece, tenemos que marcharnos. Tengo el coche allí.

–¿Y el fax que ha entrado?

–También tengo aparato de fax en el todoterreno.

–Ah.

Sheila lo siguió a través de un espacioso comedor y pasaron por una cocina muy bien decorada. El salón también era muy moderno. Mucho más que el suyo.

–Tienes una casa muy bonita.

–Gracias, pero si te refieres a la decoración y los muebles, era la casa piloto, así que no es mérito mío. La vi, me gustó y la conseguí.

«La vio, le gustó y la consiguió». Sheila se preguntó si era así como funcionaba siempre.

–¿Dónde quieres que ponga estas cajas? –preguntó Zeke.

En una estaba la silla para el coche y en la otra, una bañera. No quiso decírselo a Sheila, pero pensaba que, en vez de comprar solo lo necesario, esta se había dejado llevar. La niña solo iba a estar en su casa dos semanas, no dos años.

–En cualquier parte. Esta noche me quedaré hasta tarde ordenándolo todo.

Zeke dejó las cajas en un rincón y miró a su alrededor. La casa era pequeña, pero le pegaba. Los muebles eran bonitos y todo estaba muy limpio. Se la imaginó con cosas de bebé por todas partes.

–Voy a volver a llamar al hospital a ver cómo está Sunnie.

Él se mordió el labio inferior y pensó que ya había llamado una hora antes. Y varias veces más mientras hacían las compras. Eso que sabía que en el hospital estaban cuidando de la niña.

Mientras Sheila llamaba, él salió a por más cajas. Aunque no vivía en una urbanización cerrada, la zona era agradable y tenía sistema de seguridad. No obstante, comprobaría las cerraduras antes de marcharse. Hasta que descubriese quién quería chantajear a Brad, no correría ningún riesgo. ¿Y si el chantajista intentaba secuestrar a la niña?

Le dio tiempo a hacer varios viajes al coche mientras Sheila hablaba por teléfono. Cuando hubo colgado, le preguntó:

–¿Pasa algo?

–No. Sunnie ha estado un rato despierta, pero se ha vuelto a dormir.

Era normal. Zeke se miró el reloj. Eran más de las nueve.

–Está bien, ya están aquí todas las cajas. ¿Qué quieres que haga ahora?

Sheila lo miró y se sintió tentada a decirle que se marchara. La estaba poniendo nerviosa. Cada vez que la rozaba sin querer, todas sus terminaciones nerviosas se ponían alerta. Y olía muy bien. Casi todos los hombres del hospital olían a desinfectante. Y luego estaba ese beso que estaba intentando olvidar, pero lo recordaba cada vez que lo miraba a los labios.

Pensó que todas las mujeres deberían pasar al menos un día en sus vidas comprando cosas de bebé con un hombre. Además, el dependiente de la tienda había dado por hecho que estaban casados, aunque ninguno de los dos llevase alianza.

–Podrías llevarme al hospital a por mi coche –le sugirió, metiéndose un mechón de pelo detrás de la oreja e intentando no mirarlo.

–¿Y la cuna? –le preguntó él.

–¿Qué pasa con la cuna?

–¿Cuándo la vas a montar?

Ella se mordisqueó el labio inferior y pensó que era una buena pregunta.

–Luego.

Zeke sonrió.

–Eso espero, si tienes pensado traerte a la niña mañana.

Ella se abrazó. Todavía no se lo había dicho, pero había pensado llevársela esa misma noche. Las enfermeras del hospital le habían dicho que lloraba cada vez que se despertaba. Su llanto despertaría a los demás bebés durante la noche. Así que había hablado con la jefa de enfermería, que iba a llamar al doctor Phillips para que este diese el visto bueno.

Zeke estudió a Sheila. Tenía la sensación de que le estaba ocultando algo. Parecía nerviosa.

–¿Hay algo que quieras decirme?

Ella bajó los brazos.

–Sunnie va a despertar a los otros bebés.

Eso no lo sorprendió. La había oído llorar. Tenía un buen par de pulmones.

–Ahora está dormida, ¿no?

–Sí, pero no creo que duerma toda la noche del tirón.

–¿Por qué no?

–Porque los bebés no duermen toda la noche. Es algo normal. Van alargando las horas de sueño nocturno según van creciendo. En el caso de Sunnie, es probable que todavía duerma bastante durante el día y que se despierte por la noche.

–¿Y estás preparada para eso?

–Tengo que estarlo.

Zeke pensó que iba a hacer muchos sacrificios. Había estado tan centrado en el bebé que no había pensado en cómo iba a cambiarle la vida a Sheila.

Ya tenía su informe, era el documento que le había llegado por fax. Tenía veintisiete años y en todos los hospitales en los que había trabajado hablaban muy bien de ella. No había tenido problemas con la justicia. Ni siquiera le habían puesto nunca una multa. Un año le habían dado una medalla porque había entrado en una casa en llamas para ayudar a salir a un anciano.

Desde el punto de vista personal, tenía una

hermana a la que no veía mucho. A su madre la visitaba una o dos veces al año. Esta estaba divorciada de su quinto marido, que dirigía un complejo turístico en Florida. El padre de Sheila había muerto cinco años antes. Su hermana, que tenía cuatro años más que ella, era del primer matrimonio de su padre. Y Sheila, del segundo.

–Dime qué más puedo hacer para ayudarte –le dijo.

Ella suspiró.

–Quiero traerme a Sunnie esta noche. Las enfermeras están intentando contactar con el doctor Phillips para que dé su aprobación. Espero que me llame en cualquier momento. En cualquier caso, si no la traigo hoy a casa, la traeré mañana. Voy a necesitar la cuna, así que, si de verdad no te importa, te agradecería que la montases. A mí no se me dan bien esas cosas.

Él asintió.

–Por supuesto –le contestó, empezando a remangarse–. ¿No tendrás por casualidad una cerveza a mano?

–Iré a por ella.

Sheila se marchó y lo dejó allí, preguntándose por qué no podía dejar de pensar en el beso que le había dado.

–Cómo nos alegramos de que hayas venido –le dijo una de las enfermeras de pediatría–. Ya te la hemos preparado para que te la lleves.

–Ha estado llorando otra vez, ¿no? –preguntó Zeke riendo.

Sheila lo miró y se preguntó qué hacía todavía allí. No había tardado nada en montar la cuna y después la había ayudado a ordenar las demás cosas. Salvo por el hecho de que Sunnie era una niña y la habitación estaba pintada de azul, todo había quedado perfecto.

No obstante, ella estaba nerviosa. Sunnie se había tranquilizado en sus brazos unas horas antes, pero ¿y si ya no conseguía calmarla y lloraba con ella como con los demás? Tomó aire y quiso creer que seguirían teniendo una conexión especial.

–¿Dónde está? –le preguntó a la enfermera.

–Al otro lado del pasillo. No tardarás en oírla, no te preocupes.

Sheila supo que la otra enfermera hablaba en tono de broma, pero no le hizo gracia. Solo quería llevar a Sunnie a casa. A casa. Antes de esa noche, su casa le había parecido solo un lugar en el que comer y dormir, pero en esos momentos la veía de manera diferente.

Tal y como le había dicho la enfermera, en cuanto avanzaron un poco más por el pasillo la oyeron llorar. De repente, Zeke la agarró del brazo y le preguntó:

–¿Qué te pasa? ¿Por qué estás tan tensa?

Y ella se preguntó cómo lo sabía. Suspiró nerviosa.

–Porque llevo sin verla ocho horas. ¿Y si ya no

41

quiere estar conmigo? ¿Y si me ve y sigue llorando?

Él la miró fijamente. Lo tenía claro. La niña se iría con ella a casa reaccionase como reaccionase al verla, pero entendía que para Sheila era importante que no la rechazase. Tomó su mano, que estaba fría, y se la frotó.

—Ya verás como se acuerda de ti. Le has gustado demasiado como para olvidarte.

—¿De verdad piensas eso?

Zeke no podía estar seguro, pero no iba a decírselo.

—Sí, claro que sí.

Sheila sonrió.

—Gracias, espero que tengas razón.

Él también lo esperaba. Siguieron andando y al llegar a la puerta de la habitación en la que estaba la niña, Sheila se puso recta y entró. Él la siguió.

El bebé estaba en una cuna, tumbado de lado, llorando, pero nada más ver a Sheila, empezó a tranquilizarse hasta parar. Zeke no supo cómo había ocurrido, pero no lo habría creído si no hubiese estado allí.

Sunnie sonrió y alargó los brazos regordetes hacia Sheila.

Capítulo Cuatro

Zeke se despertó en cuanto sonó la alarma. Se tumbó boca arriba y, mirando al techo, recordó todo lo ocurrido la noche anterior. Sunnie estaba con Sheila.

Él se había quedado a ayudarla a meterla en el coche y la niña no había abierto la boca. Después, las había seguido en su coche para asegurarse de que llegaban bien a casa.

Y antes de marcharse había estado a punto de bajar del coche y llamar a la puerta para preguntarle a Sheila si lo necesitaba para algo, pero se había dado cuenta de que iba a ser demasiado. Al menos había sacado un beso de todo aquello. Y qué beso. Le había costado dormirse pensando en él.

Lo esperaba un día ajetreado. A pesar de que Brad era su amigo, también era su cliente. Un cliente que había solicitado su ayuda. Zeke quería resolver su caso lo antes posible. Eso sería un triunfo personal. Y mejoraría su reputación.

Se incorporó en la cama e iba a ponerse las zapatillas cuando sonó el teléfono.

–¿Dígame?

–Hola, Zeke. Solo quería saber si el bebé está bien.

Él sonrió al oír la voz de Summer, la esposa de su socio. Darius estaba de viaje en Washington.

–Está bien. La enfermera que se va a ocupar de ella durante las dos próximas semanas se la llevó anoche a casa.

–¿Cómo se llama esa enfermera?

–Sheila Hopkins.

–La conozco.

Zeke arqueó una ceja.

–¿Sí?

–Sí... Trabajamos juntas en un caso de violencia doméstica hace unos seis meses. La mujer llegó al hospital y Sheila estaba en urgencias. Y a mí me llamaron porque no tenía dónde quedarse.

Summer era la directora de la casa de acogida de Somerset, que estaba muy cerca de Royal.

–Espero que todo saliera bien.

–Sí, gracias a Sheila. Es muy buena profesional.

Zeke estaba de acuerdo. Y también pensó que era toda una mujer. Antes de ir a recoger al bebé y mientras él montaba la cama, ella se había dado una ducha y se había puesto unos vaqueros y una camiseta. Y había hecho que se quedase sin respiración al ver sus curvas.

Terminó de hablar con Summer, tomó aire y sacudió la cabeza. Tenía que centrarse en el caso y olvidarse de la curvilínea Sheila Hopkins y del beso.

Para empezar, tenía que visionar la grabación de las cámaras del Club de Ganaderos de Texas.

Según Brad, había varias y él tenía la esperanza de que alguna hubiese captado algo.

Luego interrogaría a los jardineros que cuidaban los jardines del club, para ver si habían visto u oído algo el día anterior.

Después tenía que ir a ver a Brad para asegurarse de que se había hecho la prueba de paternidad. Cuanto antes pudiesen demostrar que no era el padre de Sunnie, mejor.

Mientras entraba en el cuarto de baño, se preguntó cómo estaría la niña. Y cómo se las estaría arreglando Sheila. La noche anterior, cuando las había dejado en casa, la pequeña parecía espabilada y con ganas de jugar. ¿Habría conseguido dormir algo Sheila?

Se pasó las manos por la cara. Se la imaginó en pijama debajo de las sábanas y se le encogió el estómago. Tal vez durmiese encima de ellas, como él mismo hacía en ocasiones. Y luego estaba la posibilidad de que durmiese sin pijama, como también le gustaba hacer a él de vez en cuando.

Podía imaginársela desnuda. Ya lo había hecho la noche anterior, al oír correr el agua al otro lado del pasillo mientras montaba la cuna y saber que Sheila se estaba dando una ducha y cambiándose de ropa. El deseo que había sentido en ese momento había sido tal que se le había caído el destornillador de la mano.

Y además estaba el aroma que había invadido toda la casa. Un olor que a partir de entonces asociaría con ella. A jazmín. No había sabido qué era hasta que se lo había preguntado. Era el olor de las velas y de varias cestas con flores secas aromatizadas que había por la casa, pero, sobre todo, había sido su olor al salir del dormitorio después de la ducha.

La noche anterior le había costado mucho trabajo dormirse. Para quitarse el frío de encima, había encendido la chimenea que había en su habitación y después no había podido evitar imaginarse a Sheila y a él desnudos delante de ella. Había sido toda una tortura.

Se lavó los dientes y la cara y se preguntó qué demonios le pasaba. Sabía lo que le pasaba con las mujeres. Siempre tendría esa sensación de haber sido abandonado y, como resultado, jamás se arriesgaría a volver a sentir tanto dolor. Ninguna mujer merecía tanto la pena.

Ya había salido de la ducha y se estaba secando cuando sonó el teléfono. Alargó la mano para responder y vio que se trataba de Brad.

–¿Qué pasa?

–Abigail Langley es lo que pasa. Esta mañana tiene una reunión en el club y voy a ponerle las cosas claras de una vez por todas.

Zeke puso los ojos en blanco.

–Olvídate de ella, Brad. No tenemos ninguna prueba de que tenga nada que ver con esto.

–Estoy seguro de que sí. Da la casualidad de que es la única persona que se beneficiaría de que se arruinase mi reputación.

–Pero no puedes acusarla de nada sin tener pruebas –insistió Zeke.

–¿Que no? ¡Ja! Ya lo veremos –le dijo Brad antes de colgar.

–¡Vaya!

Zeke volvió a dejar el teléfono y se vistió a toda prisa. Tenía que llegar al club antes de que Brad hiciese frente a Abigail Langley. Tenía el presentimiento de que su amigo estaba a punto de cometer un grave error.

Sheila luchó contra el sueño mientras le daba el desayuno a Sunnie. Dudaba que hubiesen llegado a dormir cuatro horas seguidas. La enfermera de la unidad de pediatría había tenido razón, después de haber pasado la mayor parte de la tarde anterior durmiendo, por la noche la niña solo había querido jugar.

Y ella se había dado por vencida después de hacer varios intentos de dormirla. En esos momentos, Sunnie parecía descansada y ella estaba medio dormida y bostezando cada diez minutos. No obstante, eso no cambiaba la sensación que tenía con la pequeña entre sus brazos. Y cuando esta la miraba y sonreía, se sentía dispuesta a pasar toda una semana sin dormir solo por ver aquella sonrisa.

Además, hacía unos sonidos muy graciosos cuando estaba contenta. Debía de ser estupendo, no tener ningún problema. Entonces pensó que tal vez los tuviera, si resultaba que Bradford Price no era su padre. Sheila prefería no pensar en lo que le ocurriría si los servicios sociales se la tenían que llevar.

—Pero ahora no vamos a pensar en nada de eso, bombón —dijo, limpiándole la boca a Sunnie después de que se hubiese terminado el biberón—. Ahora te toca eructar.

Y se la colocó en el hombro.

El doctor Phillips había informado del caso al doctor Greene, jefe de la unidad de pediatría del Royal Memorial, y este había llamado para preguntar por Sunnie. También le había dado algunos consejos acerca de cómo crear el hábito del sueño y conseguir que estuviese más tiempo despierta por el día y durmiese más por las noches.

Un rato después, la dejó en la cuna, entretenida con el móvil que Zeke había comprado en el último momento la noche anterior. Había estado a punto de convencerlo de que no lo comprase, pero en esos momentos se alegró de no haberlo hecho.

Había tomado una silla para sentarse a observar a la niña cuando le sonó el teléfono.

—¿Dígame?

—No sé si te acuerdas de que tienes una madre.

Sheila puso los ojos en blanco y se contuvo para no replicar que ella también había estado esperando a ver si su madre se acordaba de que tenía una hija. No merecía la pena. Si su madre la llamaba era solo porque se había divorciado y todavía no había encontrado un marido nuevo, así que tenía algo de tiempo libre.

–Hola, mamá –le dijo–. ¿Cómo estás?

–Podría estar mejor. ¿Conseguiste el número de teléfono de ese tipo?

Ese tipo al que se refería su madre era el doctor Morgan. La última vez que su madre había ido a verla se habían encontrado con uno de los cirujanos del hospital, el doctor Morgan, que era diez años más joven que su madre, aunque a esta la edad no parecía importarle.

–No, ya te dije que el doctor Morgan tiene una relación estable.

Cassie Hopkins se echó a reír.

–Como todo el mundo… menos tú.

A Sheila le dolió el comentario.

–Yo no quiero una relación estable, mamá.

–Y si la quisieras, ¿qué?

–Entonces, la tendría –contestó ella.

Y sabiendo que su madre iba a hablarle de Crawford Newman, el último hombre del que quería hablar, decidió cambiar de tema.

–El otro día hablé con Lois.

Su madre volvió a reír.

–Apuesto a que fuiste tú quién la llamó.

–Pues la verdad es que no, me llamó ella.

No tenía que contarle a su madre que Lois la había llamado para pedirle que no fuese a verla a Atlanta. Eso, después de haberla invitado un tiempo antes. Tampoco era necesario comentar que solo la había invitado porque había salido en la CNN gracias a su heroico comportamiento. Después de aquello, a Lois ya no debía de importarle que todo el mundo supiese que eran hermanas.

–Eso me sorprende –refunfuñó su madre–. ¿Qué tal está la princesa? ¿Te ha dicho ya cuándo tiene pensado compartir contigo la herencia que vuestro padre le dejó?

Sheila sabía que a su madre seguía molestándole que su padre la hubiese dejado fuera del testamento, a ella ya le daba igual. Le había afectado al principio, ya que había sido la prueba de lo que siempre había sabido: que su padre nunca la había querido. El hecho de haberse divorciado de su madre no tenía por qué haber afectado a la relación que tenía con ella, pero no había sido así. La había visto como una prolongación de su madre y la había odiado a ella también.

Lois, por su parte, había sido su princesa. La única hija que Baron había tenido con su primera mujer, a la que había adorado. Aunque las cosas no habrían ido tan mal si no se hubiese enterado de que Cassie lo estaba engañando con uno de sus socios, que después se había convertido en el segundo marido de la madre de Sheila. Entonces había surgido la cuestión de si Sheila era realmente hija suya, aunque se pareciese a él mucho más que Lois.

Consiguió colgarle a su madre cuando esta recibió una llamada de un hombre por otra línea.

Era la historia de su vida. Sheila se levantó de la silla y se acercó a la cuna. Sunnie estaba intentando dormirse y a ella le habría encantado que lo hiciera, pero sabía que eso significaría otra noche más en vela.

–No, no, cielo –le dijo, levantándola–. Tú y yo vamos a jugar un rato. Voy a intentar mantenerte despierta el máximo tiempo posible.

Sunnie gorjeó y le sonrió con cara de sueño.

–Sé cómo te sientes, de verdad. Yo también quiero dormir. Con un poco de suerte, ambas dormiremos esta noche –le dijo ella con voz suave mientras salía de la habitación para dirigirse al piso de abajo.

Zeke atravesó la entrada del club y fue hacia una de las salas de reuniones. El lema del club, visible en una placa nada más entrar, era: «Autoridad, justicia y paz».

Oyó varias voces acaloradas y reconoció la de Brad y la de Abigail, y se preguntó si se habrían olvidado del eslogan.

–¿Se puede saber de qué me acusas, Brad?

–Eres demasiado inteligente como para hacerte la tonta, Abigail. Sé que eres la responsable de que dejasen a ese bebé con una nota diciendo que es mío, a pesar de saber muy bien que no es así.

–¡Qué! ¿Cómo puedes acusarme de semejante cosa?

–Es muy fácil. Quieres ser la próxima presidenta del club.

–¿Y me crees capaz de utilizar a un bebé para conseguirlo?

Zeke oyó cómo se le quebraba la voz a Abigail y se detuvo delante de la puerta. Parecía que estaba llorando.

–Maldita sea, Abigail. No pretendía hacerte llorar.

–¿Cómo puedes acusarme de algo así? Adoro a los bebés. Y a esa pobre niña la han abandonado. Yo no tengo nada que ver con eso, Brad. Tienes que creerme.

Zeke respiró hondo mientras oía sollozar a Abigail. Brad se había pasado.

–Lo siento, Abby. Ya veo que me he equivocado. No pretendía ofenderte. Lo siento –se disculpó Brad.

–Para demostrarte que no tengo nada que ver con el tema –respondió ella sin dejar de llorar–, te sugiero que suspendamos la campaña hasta que se haya resuelto el caso.

–¿Estás segura?

–Por supuesto. Estamos hablando de un bebé, Brad, y lo primero es su bienestar.

–En eso estoy de acuerdo –admitió Brad–. Gracias, Abby. Y de verdad que siento haberte acusado.

Zeke pensó que era el momento de entrar, antes de que Brad empeorase todavía más las cosas. Al menos, había tenido el sentido común de disculparse. Abrió la puerta y se quedó inmóvil. Brad estaba en el centro de la habitación, con la llorosa Abigail entre los brazos.

Zeke pensó en retroceder, pero ambos lo miraron y se separaron inmediatamente, como si estuviesen avergonzados de que los hubiese sorprendido así.

Él se metió las manos en los bolsillos de los pantalones vaqueros y sonrió.

–Brad. Abigail. ¿Significa esto que ya no estáis en guerra?

Un rato después, Zeke volvía a entrar en el coche pensando que, al final, la cosa no había sido para tanto. Brad y Abigail distaban mucho de ser amigos, pero al menos parecían haber iniciado una tregua. Si él mismo no hubiese sido víctima de un abandono, habría pensado que al menos había salido algo bueno de la aparición de Sunnie.

Sunnie.

Sacudió la cabeza. A Sheila se le había ocurrido aquel nombre y a todo el mundo le había parecido bien. No la había llamado antes por si seguían durmiendo, pero ya eran casi las dos de la tarde. Seguro que estaban despiertas. La noche anterior, mientras ella se duchaba, había abierto la nevera para tomar otra cerveza y se había dado cuenta de que estaba todavía más vacía que la suya. Eso significaba que, lo mismo que él, Sheila debía de comer bastante fuera. Era probable que no quisiese salir con la niña, así que lo menos que podía hacer era parar en alguna parte a comprar algo de comida y llevársela.

Por otra parte, había comprobado las cámaras del club y lo único que se veía era una mano de mujer dejando al bebé en la puerta. Fuese quien fuese quien lo había hecho debía de saber dónde estaban situadas las cámaras, lo que significaba que la culpable era alguien que conocía bien el club. Al menos podía borrar a de su lista de sospechosos a Abigail, ya que había estado reunida cuando habían dejado al bebé.

A parte de eso, no podía evitar preguntarse por qué le había afectado tanto a Abigail la acusación de Brad. Sabía de ella que era viuda. ¿Habría perdido un bebé durante su matrimonio? Zeke había sentido la tentación de preguntárselo a Brad, pero teniendo en cuenta la mala relación que tenían, era probable que no lo supiera. Tenía entendido que ambos se llevaban mal desde que eran niños.

Se abrochó el cinturón de seguridad, arrancó el coche y salió del aparcamiento pensando en qué tipo de comida le gustaría a Sheila. No llamó para preguntárselo para no molestarla a ella ni al bebé y, sonriendo, se decidió por la pizza.

Sheila abrió un ojo y miró a Sunnie, que estaba en la cuna, jugando con el móvil otra vez. Suspiró, no sabía cuánto tiempo más iba a ser capaz de permanecer despierta. Ya llevaba casi dieciocho horas. En el hospital había doblado turnos alguna vez, pero al menos allí había podido echarse una siesta. Hasta entonces no había sabido que los bebés tuviesen tanta energía. Pensó en cerrar los ojos un instante, pero pensó que seguro que las madres no dormían mientras sus hijos estaban despiertos, ¿o sí?

Lo había intentado todo y se negaba a tomarse otra taza de té. Lo único bueno era que si conseguía que Sunnie siguiese despierta, ambas podrían dormir por la noche. Miró a su alrededor y pensó que le gustaba cómo había quedado la habitación, esperaba que a Sunnie le gustase también.

Zeke había sido un encanto, ayudándola a montarlo todo y a colgar cuadros en las paredes. No le había hecho ninguna pregunta, pero seguro que le había extrañado que se esforzase tanto por un bebé que solo estaría a su cuidado unas semanas. Y ella se alegraba de que no se lo hubiese preguntado, porque no habría sabido qué decirle.

Intentó ignorar el rugido de su estómago y no pensar que solo había tomado una tostada, un café y una manzana en todo el día. No había querido apartar los ojos de la niña ni un minuto.

Se sobresaltó al oír el timbre de la puerta. Miró el reloj de pared y vio que eran casi las cuatro. Se acercó a la ventana y vio un coche deportivo delante de su casa. ¿Por qué habría vuelto Zeke? Se habían intercambiado los números de teléfono la noche anterior, solo por educación, y no había esperado volver a verlo tan pronto.

Entonces pensó en el beso que se habían dado… no era la primera vez que lo recordaba. Era el tipo de beso del que a una chica le gustaba hablar con alguien. Con una amiga. Había pensado en llamar a Jill, pero no lo había hecho. Mejor pensado, tal vez fuese el tipo de beso que una chica prefería mantener en secreto.

Volvió a oír el timbre. Sabía que debía de tener un aspecto horrible, pero no le importó. Tomó a Sunnie de la cuna y le dijo:

—Vamos. Parece que tenemos compañía.

Zeke estaba a punto de marcharse cuando se abrió la puerta. Y nada más ver a Sheila supo que había pasado mala noche y que el día estaba siendo duro. Sunnie, por su parte, parecía feliz y descansada.

—Hola, ¿estás bien? —le preguntó a Sheila cuando esta se apartó para dejarlo pasar, probablemente solo porque llevaba varias cajas de pizza en las manos.

—Estoy bien —respondió ella mirando las pizzas—. Espero que hayas traído eso para compartir. No he comido prácticamente nada en todo el día.

—Sí, es para compartir —dijo Zeke yendo hacia la cocina—. ¿La niña ha tenido un día agotador?

–Y una noche –añadió ella siguiéndolo–. El pediatra me ha recomendado que la mantenga despierta durante el día, lo que significa que yo también tengo que estarlo.

Él se detuvo de golpe y se giró a mirarla.

–¿Sunnie no ha dormido ni una siesta en todo el día?

–Yo la estoy manteniendo despierta para que ambas podamos dormir esta noche.

A Zeke aquello le resultó interesante.

–¿Cuándo forman su patrón de sueño los bebés?

–Depende. Se supone que ya tenía que haberlo hecho, pero no sabemos nada de la historia de Sunnie. Es probable que haya tenido una vida tan inestable que no se haya adaptado a nada –le respondió ella, mirando a la niña–. Odio hablar de ella como si no estuviese aquí.

Zeke se echó a reír.

–No entiende nada de lo que dices.

Sheila sacudió la cabeza. Estaba demasiado cansada para preocuparse por eso.

Zeke estudió la cocina, seguía estando muy limpia, pero había varios biberones y otros objetos de bebé en la encimera.

–¿Por qué has venido? –le preguntó Sheila.

Él volvió a mirarla. Tenía los ojos cansados, agotados. Llevaba el pelo recogido en una coleta y no iba maquillada. Aun así, estaba guapa.

–Para ver cómo estabais. Y me he imaginado que no habías tenido tiempo de cocinar –le contestó Zeke, decidiendo no comentar que la noche anterior había visto que no tenía nada que cocinar–. Así que he pensado que sería buena idea traerte algo.

Dejó las cajas de la pizza encima de la mesa y abrió una de ellas.

–Ah, qué bien huele. Gracias.

Él rio.

–Ya la he comprado en este sitio otras veces y está buena. Y de nada. ¿Quieres tumbar a la niña un poco mientras comes?

Ella miró a Sunnie y después a él.

–¿Tumbarla?

–Sí, en la cuna que monté anoche.

–Pero… estará sola.

Zeke frunció el ceño.

–Sí, pero anoche conecté el intercomunicador para que puedas oírla. ¿No lo has probado?

–Sí, pero me gusta verla.

Él asintió despacio.

–Imagino que estarás fascinada, ya que dijiste ayer que nunca habías cuidado de un bebé, pero ¿por qué esa obsesión? ¿No habías trabajado en pediatría?

–Por supuesto, pero esto es diferente. Esta es mi casa y Sunnie está a mi cuidado. No quiero que le pase nada.

Por el tono de voz, Zeke se dio cuenta de que Sheila se había puesto un poco a la defensiva, así que decidió retroceder y dejar el tema para más tarde.

–De acuerdo, siéntate mientras yo voy a buscar la silla del coche para que puedas poner a Sunnie en ella mientras comes.

Poco después estaban en la cocina, con Sunnie sentada entre ambos en la sillita, en el suelo. Movía las manos y hacía sonidos.

Parecía un bebé feliz, todo lo contrario que el día anterior.

De vez en cuando levantaba los ojos castaños y los miraba. Sobre todo a él, como si quisiese saber si era de fiar.

Zeke miró a Sheila, que se había comido un par de trozos de pizza y la ensalada ya preparada que había comprado. De vez en cuando bostezaba, se disculpaba y volvía a bostezar.

Necesitaba dormir, si no, se caería de bruces en cualquier momento.

–Gracias por la pizza, Zeke. No solo eres agradable, sino también atento.

Él apoyó la espalda en la silla.

–De nada –respondió, haciendo una pausa–. Tengo en el coche un montón de papeles por leer. Podría hacerlo aquí tan bien como en cualquier otro sitio.

Ella frunció el ceño, confundida.

–¿Por qué aquí?

Zeke sonrió.

–Para poder vigilar a Sunnie.

Sheila seguía sin entenderlo.

–Mira, Sheila. Es evidente que estás cansada. Yo diría que a punto de desmayarte. ¿Por qué no subes a echarte una siesta mientras yo estoy pendiente del bebé?

—¿Por qué ibas a querer hacer semejante cosa?

Él se echó a reír. Hacía muchas preguntas. Por desgracia para él, había preguntas que no podía responder. ¿Por qué se había ofrecido? No estaba seguro. Solo sabía que le gustaba tenerla cerca y que no le apetecía marcharse todavía.

Al ver que no contestaba con la suficiente rapidez, Sheila frunció el ceño todavía más.

—Piensas que no puedo ocuparme sola, ¿verdad? Piensas que no debía haberme ofrecido a acoger a Sunnie. Piensas…

Antes de que le diese tiempo a terminar, Zeke se había levantado de la silla, había pasado por detrás del bebé y había abrazado a Sheila.

—En estos momentos lo único que pienso es que estás hablando demasiado.

Y entonces la besó.

Necesitaba hacerlo, pensó mientras capturaba sus labios. Y en cuanto sus bocas se unieron, sintió más energía que en toda su vida. Energía sexual. Le metió la lengua entre los labios y la entrelazó con la de ella. ¿Cómo podía excitarlo tanto besar a aquella mujer?

No entendía por qué se sentía tan bien cuando la abrazaba. Todavía mejor que el día anterior. El día anterior la atracción los había sorprendido a ambos, pero en esos momentos esa sorpresa se estaba viendo aplacada por un calor de lo más erótico.

Un calor que Zeke casi no podía soportar. Que no estaba seguro de poder manejar. Y había algo más intentando entremezclarse. Emociones. Emociones a las que no estaba acostumbrado. Se había pasado el día pensando en ella. ¿Por qué? Siempre había conseguido distanciarse, menos con Sheila. Era una mujer inolvidable. Era una tentación a la que no se podía resistir.

Notó algo en la pierna y, muy a su pesar, se separó de Sheila para bajar la vista. Y vio unos ojos marrones observándolo. Sunnie le había agarrado el pantalón. Zeke no pudo evitar echarse a reír.

Luego volvió a mirar a la mujer que todavía estaba entre sus brazos. Estaba a punto de retroceder, así que la sujetó con fuerza por la cintura.

–Voy a salir al coche a por mi maletín. Cuando vuelva a entrar quiero que estés subiendo por las escaleras a descansar. Yo me ocuparé de Sunnie.

–Pero…

–No hay pero que valga. Ni preguntas. Te prometo que la cuidaré.

–A lo mejor se pasa todo el tiempo llorando.

–Si llora, lo arreglaré –le dijo él antes de salir de la cocina.

Sheila no pudo evitar sonreír cuando Zeke salió. Luego miró a Sunnie.

–Es un poco mandón, ¿no?

Se llevó la mano a los labios.

—Y besa muy bien.

Luego suspiró profundamente.

—Aunque eso no hace falta que lo sepas. Y tampoco tenías que habernos visto besándonos.

Después recogió la mesa. Estaba al lado del fregadero cuando Zeke volvió con el maletín.

—¿Cuánto tiempo tienes pensado quedarte? —le preguntó Sheila.

—El que tú necesites para descansar.

Ella asintió.

—Con un par de horas tendré bastante. ¿Me despertarás?

Zeke la miró fijamente, consciente de que Sheila no tenía ni idea de lo que le estaba pidiendo. Verla en la cama, encima o debajo de las sábanas, no era buena idea.

—No te despertaré, Sheila. Tendrás que despertarte sola.

Ella frunció el ceño.

—Pero hay que bañar a Sunnie después.

—No te preocupes, se bañará contigo o sin ti. Para tu información, yo sí sé cómo cuidar a un niño.

—¿De verdad? —le preguntó ella sorprendida.

—Sí. Me crio mi tía, que tenía una hija con gemelos. Estos me consideran su tío y los he cuidado varias veces.

—¿A los dos?

—Sí, y a la vez. Era pan comido.

Bueno, estaba exagerando un poco. No iba a

contarle a Sheila que los niños habían estado a punto de destrozarle la casa antes de que volviesen a buscarlos sus padres.

–¿Cuántos años tienen?

–Ahora, cuatro. La primera vez que me quedé a cuidarlo todavía no tenían uno.

Sheila asintió.

–¿Viven en Austin?

–No. En Nueva Orleans.

–Entonces, ¿no eres de Texas?

Él volvió a preguntarse por qué lo estaba interrogando. Había cometido un error al mencionar a Alicia y a los gemelos.

–Según mi partida de nacimiento, soy texano. La tía que me crió vive en Nueva Orleans. Yo volví a Texas para estudiar en la universidad de Austin.

Ya le había contado bastante y cuando Sheila abrió la boca para volver a hablar, se la tapó con la mano. Era mejor tapársela con la mano que con los labios.

–No hagas más preguntas. Vete a la cama.

Ella miró al bebé y apartó la mano de Zeke de su boca.

–¿Estás seguro de que podrás con ella?

–Estoy seguro. Vete.

Sheila dudó un momento, tomó aire y salió de la cocina. Él miró a Sunnie, cuyos ojos habían seguido a Sheila para después mirarlo a él casi de manera acusatoria. A la niña empezaron a temblarle los labios y Zeke supo lo que iba a ocurrir después, la oyó gemir y tomó la silla del coche para ponerla encima de la mesa.

–Shh, pequeña. Sheila necesita descansar. Venga, no soy tan malo. A ella le gusto. Me ha besado.

La niña enmudeció y él se preguntó si lo habría entendido.

Capítulo Cinco

Algo, aunque Sheila no supo el qué, la despertó. Miró inmediatamente el reloj de la mesita de noche y vio que eran las siete de la tarde. Salió de la cama y corrió escaleras abajo para detenerse en el último escalón. Zeke estaba en el sofá, con Sunnie sobre su pecho. Ambos estaban dormidos, la niña en pijama, por lo que era evidente que la había bañado. De hecho, el olor a aceite de bebé y a polvos de talco invadía la casa. A Sheila le gustaba aquel olor.

Deseó tener una cámara para hacer una fotografía. Sin duda, aquel era un momento Kodak. Fue de puntillas hasta el sillón que había enfrente del sofá y se sentó. Zeke estaba guapo incluso dormido. No roncaba. Crawford había roncado horrorosamente. Otra vez volvía a compararlos.

Se preguntó si Zeke habría dejado alguna vez a una mujer como Crawford la había dejado a ella. El bueno de Crawford, hombre de negocios que tenía que viajar, que pasaba mucho tiempo en la carretera... o eso había creído ella hasta que había averiguado que no había estado en la carretera, sino en la cama de otras mujeres. Recordó cómo había esperado, nerviosa, sus llamadas y cómo se había sentido cuando no las había recibido. Lo sola que se había sentido al no tener noticias suyas durante días.

Y jamás olvidaría el día que había vuelto y le había dicho que se iba a casar con otra. A ella le había dicho que rehiciese su vida, y eso era lo que Sheila había hecho, se había marchado de Dallas y había aceptado la oferta de trabajo que le habían hecho en el hospital.

Continuó mirando a Zeke y se preguntó cuál sería su historia. Le había contado algún trozo y Sheila imaginaba que no iba a poder sacarle más. Por el momento, no le había hablado de su madre. Y a juzgar por un comentario que había hecho el día anterior, no había conocido a su padre. Lo había criado su tía en Nueva Orleans. ¿Habría muerto su madre? Sheila respiró hondo y se dijo que no era asunto suyo. Aun así, no podía evitar sentir curiosidad acerca del atractivo hombre que dormía en su sofá. Hombre que la había besado dos veces y que le hacía perder la cordura con tanta facilidad.

Y eso no era bueno. Lo que significaba que había llegado el momento de que se marchase. Había agradecido su ayuda con las compras el día anterior. Y que le hubiese llevado las pizzas unas horas antes, pero no podía haber un mañana.

Sheila se levantó del sillón y lo despertó con cuidado. Tuvo que tomar aire cuando abrió los ojos oscuros y la miró. Se quedó clavada en el sitio. Ninguno de los dos dijo nada, pero se miraron fijamente durante mucho tiempo. Su mirada fue para ella como una caricia física.

Y con aquella mirada clavada en sus ojos, Sheila recordó. Recordó lo mucho que le habían gustado sus besos. Lo deliciosa que le había sabido su lengua en la boca. Y se preguntó qué más cosas sería capaz de hacer aquella lengua.

Se ruborizó y vio cómo a él se le oscurecía la mirada.

—¿En qué estabas pensando? —le preguntó Zeke.

¿De verdad quería que se lo dijese? ¡De eso nada!

—En que es hora de acostar a Sunnie.

—Dudo que sea eso lo que te haya hecho enrojecer.

Ella también, pero jamás lo admitiría. En vez de darle la razón, alargó los brazos hacia la niña.

—Voy a llevarla a su cuna.

Cuando Sheila hubo desaparecido escaleras arriba con la pequeña en brazos, Zeke se sentó y se frotó la cara con ambas manos. Aunque pareciese sorprendente, había conseguido trabajar. Sunnie había estado sentada en la sillita del coche, mirándolo fascinada mientras él trabajaba en el ordenador.

Se levantó y fue a la cocina. Estaba seguro de que Sheila esperaba que estuviese preparado para marcharse cuando ella bajase. Y no la iba a decepcionar. Aunque le habría encantado quedarse, tenía que irse. Había demasiada atracción entre ambos. Demasiada química. Cuando se miraban a los ojos, el aire se cargaba. Ambos se habían quedado sin aliento y eso no era bueno.

Se suponía que su relación debía ser estrictamente profesional. Él jamás mezclaba el placer con los negocios. Y la había besado no una, sino dos veces. ¿Qué le estaba pasando? Lo tenía claro: puro e intenso deseo.

Estaba cerrando el maletín cuando oyó bajar a Sheila y ya lo tenía en la mano cuando entró en la cocina.

—Acompáñame a la puerta —le pidió en voz baja, sin saber por qué, si conocía muy bien el camino.

—De acuerdo.

Sheila lo acompañó en silencio y, cuando llegaron a la puerta, fue a abrirla, pero él le agarró la mano y se la llevó a los labios para darle un beso.

—Te he dejado mi tarjeta encima de la mesa. Llámame si necesitas algo. Si no, no volveré a venir.

Ella asintió y no le preguntó el motivo. Era evidente que lo entendía. Se sentían muy atraídos el uno por el otro y, si estaban demasiado tiempo juntos, aquella atracción llevaría a algo más. Algo que ninguno de los dos quería en esos momentos.

—Gracias por todo, Zeke. Me siento descansada.

Él sonrió.

–Pero siempre te vendrá bien descansar más. Seguro que duerme por la noche, pero volverá a estar activa por la mañana. Esa niña tiene mucha energía.

Sheila rió.

–Veo que te has dado cuenta.

–Sí, me he dado cuenta, pero es una buena chica.

–Sí, sigo sin poder creer que la hayan abandonado.

–Son cosas que pasan, Sheila. Hasta a los niños buenos.

Zeke le rozó los labios con los suyos.

–Vuelve a la cama.

Luego abrió la puerta y se marchó.

Zeke se obligó a seguir andando y a no mirar atrás. Abrió la puerta del coche y se sentó, luchó contra la tentación de salir de nuevo y llamar a la puerta. Cuando Sheila la abriese, la besaría apasionadamente antes de que le diese tiempo a decir nada. La llevaría a su dormitorio en volandas y la tumbaría en la cama, la desnudaría y le haría el amor.

Apoyó la cabeza en el reposacabezas y cerró los ojos. ¿Cómo había pasado de besarla a pensar en hacer el amor con ella? «Es evidente, Travers», le dijo una voz en su interior. Era una belleza. Era sensual. Y le había gustado demasiado besarla.

Respiró hondo y expiró muy despacio.

Iba a hacer lo correcto.

Además, tenía mucho trabajo por hacer al día siguiente. Tenía que reunirse con varios miembros del club.

Arrancó el coche y dio marcha atrás. Miró la casa por última vez antes de alejarse. Todas las luces del piso de abajo estaban apagadas. Levantó la vista a la ventana del dormitorio de Sheila. La luz estaba encendida. Se preguntó qué estaría haciendo. Probablemente, prepararse para meterse en la cama.

Una cama en la que a él le habría encantado estar.

Sheila fue a ver a Sunnie una vez más antes de meterse a la ducha. Todavía sentía calor en las mejillas cuando pensaba en cómo había despertado a Zeke un rato antes. Aquel hombre tenía una mirada capaz de derretirla.

Se duchó, se secó y se puso un pijama. Volvió a comprobar que la niña estaba bien y que el intercomunicador estaba encendido por si se despertaba.

Zeke había estado seguro de que dormiría toda la noche.

Tomó aire al recordar que este le había dicho que no iba a volver. Y ella sabía que era lo mejor. Lo iba a echar de menos. Verlo allí esa tarde había sido una sorpresa, pero era un hombre que sabía cómo ser útil y eso le gustaba. Crawford no había sido nada mañoso y ni siquiera había sido capaz de sacar la basura.

Y ella lo había tolerado porque no quería estar sola.

Mudarse a Royal había sido su primer gran logro. Vivir en una ciudad en la que no conocía a nadie. Se había acostumbrado a estar sola y Zeke había invadido su espacio. Lo mismo que Sunnie. Esta última era una invasión deseada, la primera, no.

Se metió en la cama, se tapó, cerró los ojos y se pasó la lengua por los labios. A pesar de haberse lavado los dientes todavía tenía el sabor de Zeke en ellos. Y le gustaba. Tendría que saborearlo, porque no iba a volver a ocurrir.

Al día siguiente, Zeke se sentó y estudió a los dos hombres que tenía delante, intentando digerir lo que acababan de contarle.

–Entonces, ¿también habéis recibido cartas de chantaje?

Rali Tariq y Arthur Moran, conocidos y prestigiosos hombres de negocios y miembros del club, asintieron.

–Yo era inocente de lo que se me acusaba, pero me dio miedo ir a la policía –le dijo Rali.

–Lo mismo que yo –admitió Arthur–. Tuve la esperanza de que la persona se cansase si no hacía caso a las cartas. Entonces me enteré de que a

Bradford le estaba ocurriendo lo mismo y pensé que tenía que contarlo.

–Ese también es el motivo por el que yo estoy aquí –añadió Rali.

Zeke asintió. Lo que ambos hombres acababan de compartir con él significaba que el extorsionista no solo tenía como objetivo a Brad, sino también a otros miembros del Club de Ganaderos de Texas. Se preguntó si los chantajeaba por dinero o por venganza personal.

–¿Habéis traído las cartas?

–Sí.

Ambos hombres se las dieron. Zeke las dejó en la mesa y sacó una de las que había recibido Brad. Era evidente que todas habían sido escritas por la misma persona.

–Parecen iguales –comentó Rali, mirando las tres cartas por encima del hombro de Zeke.

Arthur asintió también.

–Sí, al parecer, son obra de la misma persona –respondió Zeke–, la pregunta es por qué llevó a cabo su amenaza con Brad y no con vosotros.

A juzgar por la expresión de los otros dos hombres, no tenían ni idea.

–Bueno, al menos ya tengo más piezas del puzle. Os agradezco que me lo hayáis contado. Esto ayudará a limpiar el nombre de Brad. Ahora solo tenemos que esperar a tener los resultados de la prueba de paternidad.

Una hora después se reunía con Brad en el restaurante Claire's, un elegante local de Royal en el que la comida era deliciosa. Brad sonrió cuando Zeke le contó su reunión con Rali y Arthur.

–Eso demuestra que hay una conspiración contra los miembros del club. Seguro que hay más que no lo han contado.

Zeke le dio un trago a su copa.

–Es posible, pero contigo es con el único con el que ha llevado a cabo su amenaza. ¿Por qué? Rali es hijo de un jeque, podían haberle sacado mucho, pero es evidente que no es el dinero lo que les interesa. Hay algo que no entiendo.

Miró fijamente a Brad unos segundos.

–¿Has aclarado las cosas con Abigail Langley?

Brad lo miró a los ojos.

–Si me estás preguntado si sigo pensando que tiene algo que ver en todo esto, la respuesta es no. Ojalá no la hubiese acusado.

Zeke sonrió.

–Odio tener que recordarte que te lo dije.

–Ya lo sé, pero Abigail y yo hemos estado enfrentados durante años.

–Sí, pero una cosa es que no os llevéis bien y otra que la acuses de tener algo que ver con un niño abandonado.

Brad siguió mirándolo a los ojos.

–Y tú lo sabes mejor que nadie, ¿no?

Zeke asintió.

–Sí.

Luego le dio otro sorbo a su copa de vino. Dado que era su mejor amigo, Brad era de las pocas personas que conocían su historia. Sabía que su madre lo había abandonado, no frente a una puerta, sino en casa de su tía. Y aunque esta había sido muy buena con él, Zeke se había sentido abandonado. Solo. Rechazado.

Había tardado años en superarlo y tenía que admitir que aquellos sentimientos de la niñez se habían convertido en su edad adulta en inconvenientes. Ese era el motivo por el que solo tenía relaciones informales. No quería que nadie lo volviese a abandonar.

–Es cierto que Abigail se tomó muy mal mi acusación –dijo Brad, interrumpiendo los pensamientos de Zeke–. La conozco desde que éramos niños y siempre la he considerado una persona muy dura. Me ha afectado verla así.

–Ya me he dado cuenta. La estabas abrazando cuando entré.

Zeke rio al ver que su amigo se sonrojaba.

–¿Qué querías que hiciera? –inquirió este–. Al fin y al cabo, la culpa de su estado era mía. Voy a tener que cuidar más mis palabras delante de ella.

«Sobre todo, en temas relacionados con bebés», pensó Zeke.

–Bueno, ¿cómo está la niña? –le preguntó Brad.

–¿Sunnie?

–Sí.

Zeke apoyó la espalda en su silla y pensó en cómo lo había puesto de agua cuando le había dado el baño. Había tenido que meter la camisa en la secadora de Sheila.

–Está bien. Pasé a verla ayer.

–A la niña y a la mujer que la cuida. Esa enfermera. ¿Lo está haciendo bien?

Zeke pensó en Sheila. De hecho, llevaba todo el día pensando en ella, muy a su pesar.

–Sí, lo está haciendo muy bien.

–Bueno, espero que los resultados de la prueba de paternidad lleguen pronto, por su bien.

–¿Por su bien? –preguntó Zeke extrañado.

–No me gustaría que tu enfermera se encariñase demasiado con la niña.

Zeke asintió. A él tampoco le gustaría que «su» enfermera se encariñase demasiado con Sunnie.

–Es una monada –comentó Summer Franklin con Sunnie en brazos.

Sorprendentemente, la niña no había llorado cuando Summer la había quitado de los brazos de Sheila. Estaba demasiado fascinada con los pendientes de Summer.

A Sheila le caía bien Summer. Era una de las pocas personas con las que sentía que podía bajar la guardia. Y, dado que en los últimos tiempos había tenido que trabajar mucho, hacía semanas que no se veían.

–Sí, es una monada –admitió–. No sé cómo han podido abandonarla.

–Yo tampoco, pero ya verás como Zeke llega al fondo del asunto. Me alegro de que Darius lo tenga de socio. Mi marido se estaba matando a trabajar y le ha venido muy bien la ayuda.

Sheila asintió mientras se preguntaba qué sabría Summer acerca de Zeke. No obstante, prefirió no preguntárselo por miedo a que su amiga sacase conclusiones.

A pesar de que Sunnie había dormido toda la noche, ella no había podido hacerlo.

Cada vez que había cerrado los ojos, había visto a Zeke, alto, moreno y guapo. Y también lo había visto durmiendo en su sofá con la niña apoyada en el pecho.

Se preguntó si se casaría y tendría hijos algún día. Tenía la sensación de que sería un buen padre.

–Vaya, creo que quiere volver contigo –dijo Summer, interrumpiendo los pensamientos de Sheila.

Esta sonrió al ver que la niña levantaba los brazos hacia ella, haciendo que se sintiese especial. Querida. Necesitada.

–Se te da muy bien cuidarla, Sheila.

Sheila miró a Summer y sonrió.

–Gracias.

–Me pregunto quiénes serán sus padres.

–Yo también me lo he preguntado, pero estoy segura de que Zeke va a averiguarlo.

Summer rio.

Sheila tomó a la niña.

–Yo también lo creo. Es un hombre que sabe hacer bien las cosas.

Sheila levantó a la niña para ocultar el rubor de su rostro.

Sabía por experiencia que Zeke sabía hacer muy bien las cosas, sobre todo, cuando se trataba de besar a una mujer.

Zeke entró en casa con un montón de papeles en las manos y cerró la puerta con el pie. Había tenido un día muy ajetreado.

Dejó los papeles en la mesa del comedor y fue directo a la cocina, a sacar una cerveza de la nevera. Dio un buen trago y suspiró. Lo había necesitado. Ya había satisfecho su sed.

Ojalá pudiese satisfacer su deseo por Sheila Hopkins de la misma manera...

Había estado a punto de ir a verla dos veces y ambas se había recordado a sí mismo el motivo por el que no podía hacerlo. No tenía ninguna razón para ir a verla hasta que no tuviese los resultados de la prueba de paternidad.

Teniendo en cuenta que Brad no era el único miembro del club que había sufrido chantaje, lo más normal era que las pruebas demostrasen que no había ninguna relación biológica entre este y Sunnie. No obstante, estaba decidido a averiguar de quién era la niña.

¿Qué persona podía abandonar a un bebé solo para extorsionar a otra?

Era una locura. Tenía que ser un enfermo e iba a encontrarlo y a ponerlo en manos de las autoridades.

Fue hacía el comedor y volvió a pensar en Sheila.

Tenía mucho trabajo, pero no podía borrar de su mente el momento en el que había abierto los ojos después de haberse dormido en el sofá y se la había encontrado mirándolo. Si no hubiese tenido a la niña dormida sobre su pecho, se habría sentido tentado a tumbarla en el sofá con él. ¿Por qué se torturaba con algo que no podía tener?

Respiró hondo. Tenía que olvidarse de Sheila. Le había dado tiempo a hojear varios informes cuando sonó el teléfono. Sonrió al ver que se trataba de Darius.

—¿Nos echas de menos, Darius? —le dijo nada más descolgar.

Su socio rio.

—A ti no. A mi mujer. Estoy intentando convencer a Summer para que venga a verme, sobre todo, porque he oído que vais a tener cerca un huracán y no estoy tranquilo, pero no quiere dejar la casa de acogida porque están cortos de personal.

—Eso dicen.

—Summer me ha contado lo del bebé abandonado. ¿Cómo va la cosa?

Zeke puso al corriente a Darius.

—Yo sé que si Bradford Price dice que no es

suyo, no lo es –comentó este–. No tiene ningún motivo para mentir al respecto.

–Por supuesto, por eso pretendo descubrir al cerdo que trata de manchar su nombre –le contestó Zeke.

Capítulo Seis

Tres días después, Sheila estaba sentada delante del televisor viendo la predicción meteorológica. Estaban en el último mes de la temporada de huracanes y uno nunca sabía… El huracán Spencer estaba golpeando con fuerza en el golfo. En las noticias recomendaban que se tomasen las precauciones necesarias y que la gente se proveyese de lo básico por si la tormenta cambiaba de rumbo. Sheila tenía que ocuparse de Sunnie, lo que significaba que debía asegurarse de tener de todo lo que esta pudiese necesitar: pañales, leche en polvo y agua mineral, por si se quedaba también sin electricidad.

Sunnie estaba más tranquila y había empezado a dormir por las noches. Y ambas estaban empezando a acostumbrarse a la nueva rutina. Durante el día, Sheila entretenía a la niña llevándosela al parque y de paseo. La pequeña seguía llorando a veces cuando otra persona la tomaba en brazos, pero en cuanto miraba a Sheila a los ojos todo iba bien.

Sheila la había acostado hacía un rato y no tardaría en irse a la cama también. En los últimos días había tenido varias visitas. Además de Summer y Jill, habían pasado a verla el doctor Greene y la señorita Talbert, de los servicios sociales. Esta última había visto a la niña sana y feliz y la había felicitado por su trabajo. Además, le había dicho que era posible que los resultados de la prueba de paternidad llegasen antes de las dos semanas previstas. La noticia no había alegrado nada a Sheila, que estaba encantada de tener que pasar dos semanas con Sunnie.

Una rama golpeó la ventana, sobresaltándola. Llevaba todo el día haciendo mucho viento y en esos momentos parecía haber arreciado. Según las predicciones, el huracán podía acercarse a Royal después de la medianoche.

Sheila miró a su alrededor. Ya había colocado velas por si se iba la luz.

Estaba subiendo las escaleras cuando la casa se quedó a oscuras.

Zeke estaba tumbado en el sofá con los ojos cerrados, pero al oír la predicción meteorológica en televisión los abrió de golpe y se sentó. Sheila vivía en la zona en la que se preveía que el huracán golpease con más fuerza.

Sabía que no tenía motivos para preocuparse, porque seguro que estaba preparada, pero ¿y si no era así? ¿Y si estaba en la otra punta de la ciudad, con la niña en brazos y en la oscuridad?

Se levantó y se pasó una mano por la cara.

Hacía cuatro días que no hablaba con ella.

Cuatro días en los que, mientras trabajaba para limpiar el nombre de Brad, había estado intentando olvidarla sin éxito.

¿Qué tenían algunas mujeres para que los hombres no pudiesen dejar de pensar en ellas? ¿Qué tenía aquella para que no pudiese sacársela de la cabeza ni de día ni de noche?

Se estiró y tomó las llaves que estaban encima de la mesa. Intentó no pensar que iba a cometer un error al ir a ver cómo estaba la mujer de la que quería permanecer alejado y fue hacia la puerta. Antes de salir, se puso una chaqueta y su sombrero vaquero.

En el salón, Sheila miró a su alrededor. Las velas estaban encendidas. Eran poco más de las diez y el viento seguía soplando fuera. Había mirado por la ventaba un rato antes y solo había visto oscuridad.

Todo estaba completamente a oscuras.

Había ido a ver a Sunnie hacía un rato y la niña estaba durmiendo tan tranquila, ajena a lo que estaba ocurriendo.

Tanto mejor.

Luego había bajado y había encendido la radio, donde estaban poniendo música jazz e iban actualizando la situación meteorológica de vez en cuando. Había dejado de llover, pero el sonido del agua escurriéndose por el tejado estaba despertando en su interior una sensación que, por desgracia, le era demasiado familiar: la de la soledad.

Decidió que necesitaba una copa de vino e iba hacia la cocina cuando oyó que sonaba su teléfono móvil. Lo tomó y vio que se trataba de Zeke.

El pecho se le encogió y el corazón se le aceleró antes de responder.

—¿Sí?

—Estoy en la puerta.

Sheila respiró hondo e intentó mantener la compostura. La policía había pedido que nadie sacase el coche salvo que fuese estrictamente necesario, ya que era peligroso. ¿Qué estaba haciendo Zeke allí? Era evidente que estaba preocupado por Sunnie, no por ella.

Abrió la puerta y contuvo la respiración. Allí estaba él, duro y guapo, vestido con una chaqueta marrón, camisa azul y pantalones vaqueros. Llevaba su sombrero Stetson puesto.

—He oído la predicción por televisión. ¿Estáis bien?

Ella asintió, incapaz de hablar. Tuvo que tragar saliva antes de poder contestar.

—Sí, estamos bien.

—Me alegro. ¿Puedo pasar?

Ella lo miró a los ojos y supo lo que le iba a contestar.

Habían quedado en que Zeke no volvería a ir a verlas, pero se sentía sola y, quisiese admitirlo o no, lo había echado de menos durante los últimos días.

—Por favor, entra —le dijo mientras se apartaba.

Zeke se quitó el sombrero y pasó por su lado. Vio que había velas prácticamente por todas partes y enseguida aspiró el aroma a jazmín. La chimenea estaba encendida y aportaba luz, calor y un toque acogedor al salón.

—¿Te guardo la chaqueta?

Zeke miró a Sheila.

—Sí. Gracias.

Se quitó la chaqueta y se la dio junto al sombrero. Y vio cómo Sheila las guardaba. Iba vestida con un pijama de satén color champán que le sentaba muy bien.

—Iba a tomarme una copa de vino. ¿Te apetece? —le preguntó ella.

Zeke pensó que podía decirle que solo había ido a ver qué tal estaban y que, dado que ya había visto que estaban bien, se tenía que marchar. Tal vez hubiese podido hacerlo si ella no lo hubiese invitado a entrar… o si no se hubiese quitado ya la chaqueta.

—Sí, gracias.

—Ahora vuelvo.

La vio marchar y se acercó despacio a la chimenea. Al parecer, Sheila se estaba tomando aquello muy bien. Y él estaba en parte sorprendido de que no le hubiese pedido que se marchase, teniendo en cuenta lo que habían hablado. Se alegraba de que no lo hubiese hecho. Observó el fuego mientras pensaba que no se había dado cuenta de lo mucho que la había echado de menos hasta que no le había abierto la puerta. Había tenido que hacer un gran esfuerzo para no tomarla entre sus brazos y besarla como ya había hecho en dos ocasiones. Se maldijo por volver a pensar en aquello, sobre todo, porque sabía que no iba a poder olvidarlo.

Sin apartar la vista de la chimenea, pensó en todos los motivos por los que debía tomar su chaqueta y su sombrero y marcharse de allí antes de que ella volviese. Para empezar, porque la deseaba. La deseaba demasiado. La había deseado desde el principio. Había entrado en el hospital y la había visto con el bebé en brazos y se había sorprendido por la intensidad del deseo que había sentido por ella, pero había sido capaz de controlarlo centrándose en el bebé.

No obstante, esa misma noche, en su casa, ya no había podido controlarse. Y lo mismo había ocurrido la última vez que se habían visto. Tenerla cerca era demasiado peligroso.

Entonces, ¿qué hacía allí? ¿Y por qué tenía el corazón acelerado mientras la esperaba? En esos momentos tenía muy poco control sobre sus emociones, sobre todo, porque eran emociones que no había tenido nunca antes con una mujer. Si hubiese sido solo deseo sexual, habría sido capaz de manejarlo, pero el problema era que no estaba seguro de que fuese solo eso. Era evidente que la deseaba, pero había algo más en ella que no entendía. No sabía por qué lo atraía tanto. Y no podía poner a Sunnie como excusa. Tal vez fuese el motivo por el que se habían conocido, pero el bebé no tenía nada que ver con su presencia allí ni con las emociones que estaba sintiendo.

–¿Piensas que el mal tiempo durará mucho?

Zeke se giró a mirarla y deseó no haberlo hecho. Tenía dos copas en las manos y una botella de vino debajo del brazo, pero lo que llamó su atención fue el modo en que el resplandor del fuego y de las velas le iluminaba la cara. Deseó hacerle el amor. Se maldijo.

Era toda una tentación.

Se acercó a ayudarla con las copas y la botella de vino, y en el momento en que sus manos se tocaron, supo que estaba perdido. Dejó las copas y la botella encima de la mesa y luego se giró hacia ella, la abrazó e inclinó la cabeza para besarla.

Sheila se dejó abrazar. Sus cuerpos se pegaron como dos imanes. Había decidido dejarse llevar y eso era exactamente lo que estaba haciendo.

Notó la mano de Zeke en el hueco de la espalda, apretándola todavía más contra él, y notó su erección, lo que aumentó el deseo que sentía por él. Era la primera vez que le pasaba algo así. Había estado sola desde la ruptura con Crawford. No había querido salir con nadie. Había preferido no tener nada que ver con ningún hombre.

Pero con Zeke sentía que todo era perfecto. Y

no podía desearlo más. Él dejó de besarla pero le mordisqueó el cuello, haciéndole saber que todavía no había terminado.

Ella inclinó la cabeza y gimió mientras Zeke bajaba con la boca hasta su escote. Le gustó tanto que no quiso que aquello se terminase nunca, pero él paró. Y volvió a besarla en los labios.

A Zeke le encantaba su sabor.

Y no se cansaba de él, por eso le estaba devorando la boca.

El deseo que sentía era tan primitivo como la necesidad de respirar. Podía notar cómo los pechos de Sheila subían y bajaban al respirar, e incluso cómo le temblaban los muslos.

Desde que se había mudado a Royal, no había tenido tiempo ni ganas de tener nada con ninguna mujer. Y se había contentado con trabajar en el caso de Brad hasta que había conocido a Sheila. Esta había hecho que sus hormonas despertasen, le había hecho recordar lo que era estar excitado, pero aquello era diferente. Nunca había deseado tanto a una mujer.

Y besarla no era suficiente.

Con los labios pegados a los suyos, la hizo retroceder hasta el sofá y la tumbó en él. Luego dejó de besarla para decirle:

–Pídeme que pare ahora si no quieres continuar.

Sheila lo miró y Zeke vio deseo en sus ojos y

supo que lo deseaba tanto como él a ella. No obstante, dejó la decisión en sus manos.

En vez de responderle, Sheila lo abrazó por el cuello y lo besó. Zeke respondió al beso, mitigando el ansia que ambos sentían mientras, al mismo tiempo, le desabrochaba la parte superior del pijama.

Se apartó un momento para mirarla y se le cortó la respiración. Tenía unos pechos preciosos. Se acercó a su oído y le susurró:

—Quiero acariciarte con los labios, Sheila.

Ningún hombre le había dicho jamás algo así. Cerró los ojos inmediatamente y respiró hondo mientras Zeke tomaba uno de sus pezones endurecidos con la boca. Notó cómo se le endurecía todavía más y se le hizo un nudo en el estómago. No pudo evitar gemir su nombre. Todo su cuerpo estaba cobrando vida con sus caricias.

La respuesta a las acciones de Zeke fue instintiva y cuando este empezó a acariciarle un pecho con la lengua, para después mordisqueárselo con suavidad, Sheila pensó que se iba a caer del sofá.

Empezó a temblar de deseo y pensó que aquello era una tortura.

Cuando Zeke pasó al otro pecho, Sheila pensó que no iba a poder aguantar más.

Como si se hubiese dado cuenta de lo excitada que estaba, Zeke le bajó los pantalones del pijama con cuidado. Bajó la vista y vio que no llevaba braguitas. Gimió y cambió de postura para acariciarla allí también con la boca.

Sheila pensó que lo que le estaba haciendo con la lengua tenía que estar prohibido. Zeke se estaba tomando su tiempo, no tenía prisa. Estaba actuando como si tuviese toda la noche y quisiese disfrutarla al máximo. Y lo único que pudo hacer ella fue levantar su cuerpo hacia él para que la caricia fuese todavía más profunda.

Entonces lo notó. Era la primera señal de que su cuerpo estaba alcanzando el máximo placer, que iba a hacer que se olvidase de todo y se dedicase solo a sentir como no había sentido nunca. Contuvo la respiración y casi deseó luchar contra lo que iba a ocurrir, y cuando pasó, intentó apartar a Zeke de entre sus piernas, pero él la acarició todavía más. Sheila echó la cabeza hacia atrás y se dejó llevar. Se sentía bien. Se sentía viva. Y se sentía como si su cuerpo ya no le perteneciese.

Mientras seguía disfrutando de la sensación, Zeke continuó dándole todavía más placer. No se apartó de ella hasta que no empezó a sentirse completamente saciada. Entonces lo vio incorporarse y quitarse la ropa para después ponerse un preservativo. Luego volvió a tumbarse sobre ella y apoyó la erección en su vientre, como si quisiera que se fuese acostumbrando a ella poco a poco, y fue bajando muy despacio hasta el interior de sus muslos.

Sheila volvió a notar cómo volvía a crecer en su interior una deliciosa sensación que comenzaba en la base del cuello y descendía por todo su cuerpo. Y cuando Zeke la penetró muy despacio, dijo su nombre. Fue entonces cuando él empezó a moverse como si fuese la última oportunidad de su vida y Sheila notó cómo su cuerpo se iba deshaciendo de placer.

Zeke la acarició de todas las maneras posibles, haciendo que se diese cuenta de lo generoso que era como amante. Sheila lo abrazó con las piernas por la cintura para que pudiese entrar todavía más y notó que llegaba a un lugar que ni siquiera sabía que hubiese existido mientras, al mismo tiempo, la besaba en los labios y la hacía gritar con otro orgasmo.

Él se movió en su interior un par de veces más y después gimió contra su boca. Sheila supo que ambos habían ido más lejos de lo que habían pretendido, pero ya no había marcha atrás. Aquella noche había ocurrido lo que tenía que ocurrir y ella no lo lamentaría. Solo recordaría lo que estaban compartiendo. Un inmenso placer.

Al entrar en el dormitorio de Sheila, Zeke miró todas las velas que había encendido, que creaban un ambiente muy romántico. Además, era evidente que le gustaban las flores, porque tanto las cortinas como el edredón tenían motivos florales.

Apartó las sábanas antes de colocarla en el centro de la cama. Se tumbó con ella y esperó que Sunnie durmiese toda la noche, tal y como Sheila había predicho. Habían parado un momento en la habitación de la niña para comprobar que estaba tranquila a pesar del tiempo que hacía fuera.

–Gracias por venir a ver que estábamos bien –le dijo Sheila, apretándose contra él.

Zeke la abrazó y le gustó la sensación. Tenía el pecho contra su espalda y el trasero desnudo apoyado contra su erección.

–No tienes que darme las gracias.

Ella lo miró por encima del hombro.

–¿No?

–No.

Sheila sonrió y cerró los ojos mientras se apretaba todavía más contra él. Zeke se quedó despierto, apoyado en un codo, mirándola. Estaba tan guapa con los ojos cerrados como con ellos abiertos. Entonces recordó lo que le había dicho Brad, que no quería que Sheila se encariñase con Sunnie, y se dio cuenta de que había muchas probabilidades de que ocurriese.

No sabía cómo se lo iba a tomar cuando se llevasen a la pequeña. Porque se la iban a llevar. Aunque la niña no fuese de Brad, era de alguien. Y si nadie la reclamaba, tendrían que ocuparse de ella los servicios sociales.

Ese era un miedo que había tenido él mismo de niño y que había evitado que se metiese en problemas. Aunque en esos momentos sabía que su tía jamás habría hecho algo semejante, por aquel entonces había vivido con el temor de que un día, si hacía algo mal, su tía lo abandonase como lo había abandonado su madre.

Pero Clarisse Daniels había demostrado ser mucho mejor persona que su hermana pequeña. A pesar de estar divorciada, sola, los había criado a él y a Alicia con su sueldo de profesora. Al menos el padre de Alicia les había pasado la pensión todos los meses, mientras que ni su padre ni su madre habían contribuido en nada. De hecho, Zeke se había enterado con el tiempo de que su tía había llegado a darle dinero a su madre para que no se lo llevase.

Y su padre. No había sido del todo sincero con Sheila cuando le había dicho que no lo había conocido. Su padre era el señor Travers. No lo había sabido de niño, dado que él era Ezekiel «Zeke» Daniels, pero lo había averiguado después.

Matthew Travers. Uno de los hombres más ricos de Texas.

Al parecer, su madre se había quedado embarazada de un hombre que no la había creído cuando le había dicho que el niño era suyo. Aunque Zeke había oído que su madre podía haberse quedado embarazada de dos hombres, pero había intentado cazar al más rico. Los abogados de Travers le habían quitado la idea de hacer pública su reivindicación y, evidentemente, ella les había hecho caso y le había puesto su apellido, Ezekiel Daniels, hijo de Kristi Daniels. De padre desconocido. Eso era lo que ponía en su partida de nacimiento.

Había sido en la universidad cuando había visto en el campus a un chico que bien podría haber sido su gemelo y que se llamaba Colin Travers. Incluso Brad los había confundido un día.

Zeke no había querido investigar acerca de su parecido con Colin, pero este último sí que lo había hecho. Había vuelto a Houston y había interrogado a su padre. Después había atado cabos con respecto a lo ocurrido entre Matthew Travers y Kristi Daniels un año antes de que este se casase con su madre.

Cuando habían llamado a Zeke para que fuese a la mansión de los Travers, había sido Brad quien lo había convencido para que lo hiciese. Allí había sido donde había hecho frente a su padre, que al verlo se había arrepentido de no haber creído a Kristi y había intentado enmendar su error y compensar a Zeke por todos los años que no había estado a su lado. Todos los años durante los que Zeke había estado abandonado.

Ese día, Zeke se había enterado de que, además de Colin, tenía otros cinco hermanos y una hermana. Tanto estos como su madre, Victoria, lo habían aceptado inmediatamente como a un Travers más, pero, por algún motivo, Zeke se había resistido a formar parte del clan.

Siempre había sido una persona solitaria y prefería seguir siéndolo. Aunque sus hermanos seguían en contacto con él, sobre todo Colin, con el que había forjado una relación muy cercana con el paso de los años, Zeke siempre había mantenido las distancias con su padre. Este, no obstante, estaba empeñado en que construyesen una relación.

Pero habían sido Brad y su tía Clarisse quienes habían estado ahí para él en la época más difícil de su vida. Eran ellos quienes lo habían convencido para que aceptase el apellido de su padre y lo llevase con orgullo. Por ese motivo, el día de su veintiún cumpleaños se había convertido en Ezekiel Travers.

También era esa la razón por la que su amistad con Brad era tan estrecha. Y por la que su tía lo era todo para él. Lo primero que había hecho cuando había empezado a ganar dinero había sido comprarle una casa a tía Clarissa. Alicia y su marido, que eran ambos abogados, vivían cerca de ella. Y él iba a visitarla siempre que podía, aunque en esos momentos no podía ir a ninguna parte hasta que no resolviese el caso de Brad.

Miró a Sheila. Tampoco quería ir a ninguna parte sin ella.

Inmediatamente se le hizo un nudo en el estómago. ¿Cómo podía estar pensando así? Nunca le había presentado a ninguna mujer a su familia. No había tenido ninguna relación lo suficientemente seria, ni pretendía tenerla.

Sería el primero en reconocer que esa noche lo había pasado muy bien con Sheila, pero la cosa no iba a ir más allá. No era su intención. De repente sintió que se asfixiaba, que necesitaba espacio, y se apartó de ella para salir de la cama.

De puntillas por el pasillo, fue hasta la habitación de Sunnie, que estaba tumbada boca abajo, durmiendo tranquilamente. Zeke no sabía qué le depararía el futuro, pero esperaba que las cosas le fuesen bien.

Lo que sí sabía era que la mujer que le había dado la vida no se la merecía.

Capítulo Siete

–¿Que quieres que nos vayamos a tu casa? –preguntó Sheila, para asegurarse de que lo había entendido bien.

Se habían despertado con la mala noticia de que el huracán Spencer seguía amenazando la zona. Y aunque Royal no estaba directamente en su camino, podían tener un par de días con mucha lluvia y viento. También habían dicho en las noticias locales que, aunque la compañía eléctrica estaba intentado hacer todo lo posible por arreglar los desperfectos sufridos, algunas partes de la ciudad seguirían un tiempo sin electricidad. Y una de las zonas afectadas era Meadowland, donde vivía ella.

–Sí, creo que será lo mejor. Sobre todo, porque no sabemos cuándo vas a volver a tener luz. Yo tengo un generador en casa si también nos quedamos sin electricidad.

Sheila se mordisqueó el labio inferior. La propuesta de Zeke tenía sentido, pero estaba tan acostumbrada a tener su casa, sus cosas. Miró a Sunnie, que estaba sentada en la sillita del coche, encima de la mesa de la cocina. Acababa de desayunar y estaba contenta. La presencia de Zeke no le había molestado lo más mínimo. De hecho, casi había sonreído al verlo.

–¿Sheila?

–Estaba pensando en todas las cosas que tendría que preparar para llevar.

–No te preocupes. Tengo el todoterreno.

«Qué suerte», pensó ella.

Sabía que la idea de Zeke tenía sentido, pero irse a su casa significaba salir de su burbuja.

–Sunnie se ha acostumbrado a estar aquí –argumentó.

–Lo entiendo, pero siempre y cuando esté contigo, estará bien.

Sheila volvió a morderse el labio inferior y miró a la niña. Sí, Sunnie estaría bien, pero ¿y ella? No había planeado despertar entre los brazos de Zeke, pero le había resultado algo natural. Lo mismo que hacer el amor después, antes de que la niña se despertase.

Acababa de darle el desayuno a Sunnie cuando Zeke había lanzado lo que para ella era una bomba. Había estado pensando en decirle que tenían que pensar en lo ocurrido entre ambos la noche anterior y darse un poco de espacio para hacerlo, mientras que la idea de Zeke era completamente la contraria. Que Sunnie y ella se fuesen a su casa hasta que pasase la tormenta no era precisamente darse espacio.

Decidida a decir lo que había estado pensando, miró a Zeke, que estaba sentado al otro lado de la cocina.

–¿Y lo de anoche?

Él la miró fijamente.

–¿Qué pasa?

A Sheila se le aceleró el corazón en el pecho.

–Que... nos acostamos juntos y no deberíamos haberlo hecho –balbució, deseando no haber sido tan directa.

–Era inevitable.

Ella abrió mucho los ojos, sorprendida por su respuesta.

–No estoy de acuerdo. ¿Por qué lo dices?

–Porque te deseé nada más verte y me di cuenta, por las señales que me mandaste, de que era recíproco.

–Me sentí atraída por ti desde el principio, tengo que admitirlo, pero eso no significa que te mandase ninguna señal.

–Claro que sí.

¿Le había mandado alguna señal inconscientemente? Sheila intentó recordar y...

–¿Te acuerdas del día que me despertaste cuando me quedé dormido en tu sofá?

Ella asintió, por supuesto que lo recordaba. Se habían mirado a los ojos durante mucho tiempo.

–Sí, me acuerdo.

–Te ruborizaste, pero no quisiste decirme en qué estabas pensando, qué estaba pasando por tu mente para que te sonrojases.

–Así que diste por hecho...

–No, lo supe. Creo que te tengo bastante calada.

–¿Eso piensas?

–Sí. Es probable que pueda adivinar las veces en las que has pensado en sexo cuando estábamos juntos.

A Sheila no le gustó nada oír aquello, de hecho, la enfadó.

–Mira, Zeke, no sé con qué tipo de mujeres estás acostumbrado a salir, pero...

–Pero tú eres distinta –terminó él en su lugar–. Y tengo que admitir que eres distinta desde un punto de vista positivo.

–Hace menos de una semana que nos conocemos –le recordó Sheila.

–Sí, pero hemos compartido más en ese tiempo que muchas personas que viven juntas toda la vida. En especial, anoche. La conexión entre ambos fue increíble.

Sheila pensó inmediatamente en su amiga Emily Burroughts. Si podía decir que alguna vez había tenido una mejor amiga, esa había sido Emily. Habían compartido habitación en la universidad y habían tenido una amistad especial, que se habría fortalecido todavía más con el tiempo si Emily no hubiese fallecido. Su amiga había tenido un cáncer de ovarios con tan solo veintitrés años.

Sheila había estado a su lado durante sus últimos días. Emily no había querido ir al hospital, había preferido quedarse en casa, en su cama. Y había querido que Sheila estuviese con ella durante su último verano. Había sido entonces cuando Emily le había contado que, a pesar de no ser virgen, jamás había tenido un orgasmo con un chico. Jamás había sentido ganas de gritar de placer. Había muerto sin experimentar aquello. Así que Sheila había tenido la noche anterior algo que Emily no había tenido en toda su vida.

–¿Te arrepientes de lo de anoche, Sheila?

La pregunta interrumpió sus pensamientos y volvió a mirarlo. Se preguntó cómo podía explicarle que era una mujer solitaria. Siempre lo había sido y, probablemente, siempre lo sería. No le gustaba que la rechazasen y sufría siempre que alguien a quien quería la rechazaba, o ponía distancia entre ellos.

–No, Zeke, pero con los años he aprendido a no encariñarme con nadie. Mi madre se ha casado cinco veces y mi hermana, hija del primer matrimonio de mi padre, no quiere ser mi hermana porque mi madre hizo sufrir a su padre.

Él frunció el ceño.

–Tú no tienes nada que ver con eso.

Ella rio.

–Pues cuéntaselo a Lois. Nos echa la culpa tanto a mi madre como a mí, y eso que yo solo tenía cuatro años cuando rompieron.

–¿Has hablado de ello con tu padre?

Sheila negó con la cabeza.

–Después de marcharse, mi padre no quiso volver a vernos ni a mi madre ni a mí. Supongo que yo le recordaría lo que le hizo ella. Lo engañó.

–Pero no fue culpa tuya.

–No –respondió ella, limpiándole la boca a la niña–. Y crecí creyendo que algún día uno de los dos, con un poco de suerte ambos, se darían cuenta de eso, pero no ocurrió. Papá falleció hace cinco años. Era un hombre muy rico y siempre me ayudó económicamente, mi madre se aseguró de que lo haría, pero cuando murió quiso dejarme claro que no significaba nada para él y se lo dejó todo a Lois.

Hizo una pausa. Apartó la vista de Zeke para mirar por la ventana, reviviendo el dolor. Luego volvió a mirarlo.

–No es que quisiera ninguna de sus posesiones, sino lo que significaba el gesto. Habría estado bien que me reconociese de alguna manera como su hija.

Sheila miró a Sunnie, que la estaba observando como si pudiese comprender lo que estaba compartiendo con Zeke.

Entonces se preguntó por qué lo estaba compartiendo con él. Tal vez así se daría cuenta de que podía tomarle cariño y por qué no podía permitir que eso ocurriese.

–Así que, no, no me arrepiento de lo de anoche. Fue demasiado bello, demasiado increíble como para lamentarlo, pero tengo que ser realista y aceptar que no se me da bien comprometerme. Enseguida me encariño con la gente. Tal vez tú quieras tener una aventura, pero yo sé que una parte de mí desearía algo más.

–Algo que no puedo darte –le respondió él en tono amable.

–Pues eso –le dijo Sheila, dándose cuenta de que la entendía.

–Podría decirte que no voy a volver a tocarte nunca, ni siquiera aunque pasemos tiempo juntos.

Sheila lo hubiese creído si no lo hubiese visto sonreír.

–Sí, podrías hacerlo.

–Pero te estaría mintiendo. Sobre todo, porque eres una tentación.

–¿Una tentación? –repitió ella, sin poder evitar reír.

–Sí.

Ella sacudió la cabeza. Le habían dicho muchas cosas, pero nunca que era una tentación.

–¿Me ves en el jardín con una manzana?

A él se le oscureció la mirada.

–Sí, desnuda.

Sheila se dio cuenta de que había cambiado el tono de su voz, se había vuelto más seductor, y decidió que había llegado el momento de cambiar de tema.

–¿Cómo va tu caso?

Zeke se dio cuenta de lo que Sheila quería hacer. Tenía dudas acerca de si quería volver a acostarse con él y la entendía, pero ella también debía comprender que había cosas que un hombre y una mujer no podían ignorar. Una de ellas, una de las más importantes, era la química sexual.

Y entre ellos había mucha.

Hacerle el amor y despertar a su lado le había afectado más de lo que era capaz de comprender y, dado que no lo entendía, no estaba preparado ni quería apartarse de ella.

Y cuando Sheila había intentado explicarle que prefería no tener una relación para no encariñarse con él, había sido como oírse a sí mismo. Él tampoco quería dejar que ninguna mujer se le acercase demasiado porque le daba miedo que le hiciese lo mismo que le había hecho su madre: marcharse y abandonarlo… y romperle el corazón. Ya lo había sufrido una vez y no quería que le volviese a pasar.

Sheila estaba protegiendo su corazón del mismo modo que él protegía el suyo. Tal vez debiese decírselo. O no. No se le daba bien abrirse a los demás. Era una persona muy reservada. Eran muy pocas las personas que conocían a Ezekiel Travers. Brad y su otro amigo de la universidad, Christopher Richards, que también vivía en Royal, conocían al verdadero Zeke. Y se sentía cómodo con Darius Franklin. Durante el último año había aprendido a conocerlo y respetaba a Darius. Y pensaba que Summer era la mujer perfecta para él.

Una noche habían cenado juntos y Darius y Summer le habían contado su historia. Cómo habían terminado su relación por culpa de la traición de un amigo. Y cómo se habían reencontrado siete años después y habían decidido que no permitirían que nada ni nadie se interpusiese entre ellos. Zeke pensaba que eran muy pocas las personas que podían encontrar un amor así.

Decidió hacer como Sheila y cambiar de tema de conversación.

—El caso va bien. Todavía estoy siguiendo algunas pistas.

Le contó su conversación con Rali Tariq y Arthur Moran.

—¿Quieres decir que también han recibido cartas de chantaje que los acusaban de tener algún hijo por ahí?

—No exactamente. Ambos están casados y recibieron cartas amenazándolos de contar que habían engañado a sus esposas, cosa que ambos niegan. No obstante, a ninguno de los dos le gustaría tener que demostrar su inocencia.

Sheila sacudió la cabeza y sacó a Sunnie de la sillita.

—Pero saber que Bradford Price no es el único que ha recibido esas cartas te reafirma en tu convencimiento de que no es el padre de Sunnie, y de que todo es una trama para sacar dinero a algunos miembros del Club de Ganaderos de Texas, ¿no?

—En cierto modo, sí, pero siempre habrá quien tenga dudas. La prueba de paternidad lo aclarará todo.

Sheila se quedó pensativa. Brad limpiaría su nombre, pero Sunnie tendría que marcharse de su casa.

Zeke se levantó y miró por la ventana.

–Ha dejado de llover. Si vamos a ir a mi casa deberíamos hacerlo antes de que vuelva a empezar.

Ella frunció el ceño.

–Yo no he dicho que vaya a irme a tu casa.

Zeke se acercó muy despacio hacia ella.

–Lo sé, pero teniéndolo todo en cuenta, incluso que no quieres pasar más tiempo conmigo, ¿tienes algún motivo para volver a tener a Sunnie otra noche más en una casa en la que no hay luz?

Sheila tragó saliva, Zeke tenía razón. Miró a Sunnie, que estaba en sus brazos. Siempre haría lo que fuese mejor para ella. En esos momentos, era lo único que tenía la pequeña y siempre antepondría sus necesidades a todo lo demás. La noche anterior no había ido mal, pero estaban en noviembre. Incluso con la chimenea encendida, la casa estaba empezando a estar fría. Y no podía arriesgarse a que la niña se resfriase solo porque ella no pudiese resistirse a un hombre alto, moreno, guapo y atlético llamado Zeke Travers.

Lo miró.

–¿Me prometes algo?

–¿El qué?

–Que mientras estemos en tu casa no…

Él se acercó un paso más.

–¿No qué?

Ella se mordisqueó el labio inferior.

–No intentarás seducirme para que vuelva a acostarme contigo.

105

Zeke estudió su rostro y luego alargó la mano para acariciarle la mejilla con el dorso.

–Lo siento, cariño, pero no puedo hacerte esa promesa –le dijo en voz baja y profunda mientras retrocedía un paso–. Voy a empezar a llevar las cosas de Sunnie a mi coche.

Sheila contuvo la respiración hasta que Zeke hubo salido de la habitación.

Zeke fingió no fijarse en cómo interactuaba Sheila con Sunnie mientras él terminaba de sacar las cosas de la niña. Era probable que solo estuviesen en su casa como mucho un día, pero con todas las cosas que Sheila le había dicho que tenían que llevar, parecía que fuesen a quedarse un año entero. Se echó a reír. No iba a quejarse. Tenía una casa enorme en la que últimamente se había sentido solo.

Oyó reír a la niña y se giró a mirarla. No supo decir quién estaba riendo más, si Sunnie o Sheila. Era evidente que estaban muy unidas. No pudo evitar pensar que Sheila sería muy buena madre. Siempre había tratado a Sunnie con cuidado, como si fuese la cosa más valiosa que hubiese tocado en toda su vida.

Esta lo miró, lo sorprendió observándola y le sonrió un momento. Él le devolvió la sonrisa con generosidad porque sabía que Sheila seguía teniendo dudas acerca de ir a su casa. Y era normal. Estaba decidido a terminar lo que habían empezado la noche anterior. No le había prometido que no intentaría acostarse con ella, lo que quería decir que esas eran precisamente sus intenciones y no las iba a cambiar.

Tal y como le había dicho, no podía hacerle esa promesa porque no podría cumplirla. Si su tía Clarisse le había enseñado algo era a no mentir. Siempre había dicho que las mentiras tenían las patas muy cortas. Y él le había hecho caso.

–¿Estás preparada para marchar?

Era evidente que no lo estaba, pero la vio sonreír.

–Sí. Voy a poner a Sunnie en su silla.

La vio atarla a la silla, asegurándose de que la niña estaba segura y cómoda, y fue a abrirle la puerta del copiloto para que se sentase también. Le gustó ver su muslo al entrar al coche. Hasta ese momento, no había pensado en lo mucho que le gustaban las mujeres con falda.

Se subió detrás del volante, dio marcha atrás y ya estaban en la carretera cuando Sheila le dijo:

–Quiero dormir en una de tus habitaciones de invitados, Zeke.

–De acuerdo.

Zeke mantuvo la mirada al frente, sabiendo que ella lo estaba mirando y estaba intentando descifrar la rapidez de su respuesta. Pronto se daría cuenta de que la atracción física era algo muy fuerte. Y después de haber experimentado lo que era hacer el amor juntos, no sería fácil contenerse. Además, daba la casualidad de que su dormitorio estaba justo enfrente de la habitación de invitados que pretendía asignarle.

—¿Qué te parece si paro a comprar algo de comer? ¿Qué te apetece? —le preguntó.

—Ah, cualquier cosa. No tengo hambre.

Él la miró después de detener el coche en un semáforo.

—A lo mejor no tienes hambre ahora, pero la tendrás luego.

Y no quiso añadir que le vendría bien comer algo para tener fuerzas para lo que tenía pensado hacer con ella después de que hubiese acostado a la niña esa noche. Zeke se revolvió por dentro. Había algo en su olor que le hacía desear hacer el amor con ella. Y pronto volvería a hacerlo. Su serenidad y su hombría dependían de ello. Estaba deseando que llegase la noche.

Pero por el momento fingiría que iba a hacer lo que ella quisiera y se aseguraría de convencerla de que lo deseaba tanto como él a ella. No le gustaba jugar con las mujeres. Le gustaba ser sincero, pero aquello no lo consideraba un juego. Lo que estaba haciendo era intentar mantener su cordura. Sheila no era consciente de lo atractiva que era. Tal vez él no se lo hubiese demostrado lo suficiente la noche anterior. Era evidente que tenía que darle alguna pista más. Y lo haría de buen grado. Cambió ligeramente de postura al notar que se excitaba mientras pensaba en cómo lo haría.

—No te importa que me pare en ese sitio de

pollos, ¿verdad? –le preguntó, señalando un KFC.

–No, supongo que estás en edad de crecer y que antes o después tendrás que comer –respondió ella sonriéndole.

Zeke no quiso decirle qué parte de su cuerpo estaba creciendo más en aquellos momentos.

Sheila estudió la habitación que le había dado Zeke. Este había montado la cuna de Sunnie en la de al lado, que se comunicaba con la suya por una puerta. La casa era preciosa. Era el lugar perfecto para una familia.

Sacó una novela de amor antes de irse a la cama. Al llegar allí, había ayudado a Zeke a meterlo todo en casa. Después se habían sentado a comer el pollo frito que habían comprado. Al terminar, Zeke había salido fuera a ver cómo estaba todo. El viento había roto varias ramas y Zeke y sus hombres se habían ocupado de recogerlas. Mientras él estaba fuera, Sheila y Sunnie se habían puesto cómodas.

Hasta el momento, Zeke se había comportado como un perfecto caballero y se había ofrecido a vigilar a la niña mientras ella se daba una ducha. Sunnie se había acostumbrado a verlo y ya no lloraba cuando la tomaba en brazos. De hecho, últimamente le estaba dedicando tantas sonrisas como a ella.

En esos momentos Sunnie estaba durmiendo

y había empezado a llover otra vez. Sheila oyó la televisión en el piso de abajo y supo que Zeke seguía levantado. Pensó que lo mejor sería que ella se quedase en la habitación a leer. Lo vería a la mañana siguiente, no quería verlo antes.

Llevaba más o menos una hora leyendo cuando decidió ir a la habitación de al lado ver a Sunnie. Aunque la niña ya dormía toda la noche del tirón, Sheila iba a verla de vez en cuando. Sunnie tenía tendencia a destaparse mientras dormía.

Entró de puntillas en la habitación. El ambiente ya olía a polvos de talco y eso la hizo sonreír. La presencia de Sunnie en la casa era evidente. Cuando había ido al piso de abajo después de ducharse, había encontrado a la niña en brazos de Zeke, junto a la ventana.

A juzgar por las risas de la pequeña era evidente que le gustaba ver llover.

Había sido estremecedor, verlo allí de pie, descalzo, sin camisa y solo con unos vaqueros puestos. Un hombre alto y sexy con un bebé en brazos.

Un bebé al que trataba con tanta ternura como si fuese suyo.

Los había visto así y había pensado que sería un padre maravilloso. Se había preguntado si querría tener hijos algún día. Le había hablado de los gemelos de su prima, así que sabía que no sentía aversión hacia los niños, como les ocurría a otros hombres. Crawford se ponía tenso solo de oír hablar de niños. Ese era un tema por el que habían discutido en varias ocasiones.

Tapó las piernas regordetas de Sunnie e iba a salir de la habitación cuando sintió otra presencia en ella. Se giró y vio a Zeke sentado en la mecedora, con las piernas estiradas. Estaba observándola en silencio.

La luz de la luna se filtraba a través de las cortinas realzando sus facciones y su mirada se lo decía todo. Intentó no emocionarse con aquella mirada, pero era como una fuerza magnética que la atraía, debilitándola, haciéndola sentir un deseo contra el que luchaba.

Deseó poder hacer que su corazón dejase de latir aceleradamente un minuto, o que se le endureciesen los pezones bajo el camisón. Luego estaba el calor que tenía entre los muslos; la sensación era incomoda y excitante a la vez.

—No sabía que estabas aquí con Sunnie —le dijo en voz baja.

—He venido a verla… y a esperarte.

—¿A esperarme? —A Sheila se le hizo un nudo en la garganta.

—Sí. Sabía que vendrías a ver a Sunnie antes o después. Y he decidido esperarte aquí sentado.

—¿Y por qué querías esperarme?

Él sonrió antes de agarrarla por la cintura.

—Para darte esto.

Se inclinó a besarla e, instintivamente, Sheila se puso de puntillas para recibirlo.

***

«Ha merecido la pena esperar», pensó Zeke mientras profundizaba el beso. No había nada como estar dentro de su boca. Nada como tenerla entre sus brazos. Nada como oírla gemir.

Y había esperado. Desde que Sheila había subido a acostar a la niña, había esperado a que bajase. No lo había hecho. En su lugar, lo había llamado desde lo alto de las escaleras para darle las buenas noches.

Él había sonreído al ver que quería poner distancia entre ambos y había puesto en marcha un plan. Había sabido que Sheila no se dormiría sin ir antes a ver a Sunnie. Así que había subido a esperarla allí.

La espera había terminado. La tenía donde quería tenerla. Entre sus brazos, donde tenía que estar. Pero también quería tenerla en otro sitio. En su cama. Se apartó y la miró a los ojos para susurrarle:

—Necesito hacerte el amor, preciosa. Tengo que estar dentro de ti.

Sheila estuvo a punto de gemir ante la audacia de sus palabras. Y el deseo que había en su mirada era tan feroz, que ella misma notó en su interior una intensidad desconocida hasta entonces. El deseo de Zeke estaba avivando el suyo.

Lo abrazó por el cuello y le susurró contra los labios:

—Yo también quiero tenerte dentro.

Antes de que le diese tiempo a volver a respirar, Zeke la tomó en brazos y la llevó a su habitación.

Zeke pensó que nada lo había preparado para conocer a una mujer como aquella. No se había acercado a él como las demás. De hecho, había intentado guardar las distancias, pero la química que había entre ambos era demasiado fuerte y aumentaba cada vez que volvían a estar cerca el uno del otro.

La última vez que habían hecho el amor había sido casi demasiado para su cuerpo y para su mente. Y en esos momentos ya podía imaginar el resultado de aquel nuevo encuentro, pero lo necesitaba tanto como respirar.

La dejó encima de la cama y le quitó el camisón en un momento.

Sheila lo miró y sonrió:

–Eh, qué bien se te da.

–¿El qué? –preguntó él, apartándose para quitarse la ropa.

–Desnudar a una mujer.

Zeke se puso un preservativo sin apartar la vista de ella. Era la única mujer a la que quería desnudar. La única mujer con la que disfrutaba haciéndolo. La única mujer a la que quería hacerle el amor. De repente, se dio cuenta de lo que su mente le estaba diciendo y se obligó a pensar que jamás tendría una relación duradera con ninguna mujer.

Volvió a la cama, donde Sheila lo miraba con

deseo. La luz de la luna que entraba por la ventana iluminaba su desnudez. Allí estaba. Bella. Desnuda. Recorrió con la mirada los pechos erguidos, la cremosa piel morena, la cintura estrecha, los deliciosos muslos, las maravillosas caderas y, luego, la unión de sus piernas.

–Zeke.

Dijo su nombre antes de que la tocase y se incorporó en la cama hacia él. En cuanto sus labios se tocaron, estalló el deseo. Zeke notó un calor abrasador corriendo por sus venas nada más acariciarla con la lengua.

Se tumbó en la cama y dejó de besarla en los labios para recorrer con los suyos el resto de su cuerpo. Disfrutó al notar cómo temblaba bajo su boca, pero, sobre todo, le gustó el sabor de su sexo húmedo.

Sheila se sacudió de placer y él la agarró por el trasero y siguió acariciándola con la lengua. Encontró su punto G y lo devoró como si fuese su última cena, haciendo que Sheila se sacudiese de manera incontrolada.

Solo entonces se apartó de ella para cubrirla con su cuerpo y le susurró con voz ronca:

–Me gusta tu sabor.

Luego la penetró profundamente. Notó cómo seguían contrayéndose sus músculos internos. Supo que quería todavía más y se dispuso a dárselo.

Empezó a moverse dentro de ella, pensando que jamás se cansaría de hacerlo. Estaba convencido de que nunca dejaría de querer hacerle el amor. La agarró por las caderas para levantárselas de la cama y entrar todavía más. Y cuando llegó al punto en el que quería estar, siguió moviéndose sin cesar.

Echó la cabeza hacia atrás cuando la oyó gemir su nombre y notó que lo apretaba con fuerza por dentro. Y se dejó llevar por un placer que nunca había sido tan inmenso.

Era el mejor sexo que había tenido en toda su vida y que podía existir. Y aun así, seguía queriendo más.

Disfrutó del orgasmo más increíble e intenso de su existencia y poco después, cuando salió de ella, supo que siempre sería así entre ellos. Sheila siempre sería su tentación. La única mujer a la que no era capaz de resistirse.

Capítulo Ocho

Tanto Zeke como Sheila sabían que ya había electricidad en la zona en que esta vivía, pero ninguno de los dos habló de volver a casa. Cuatro días después Sheila seguía en casa de Zeke y estaba encantada con la situación.

Hacía días que había dejado de llover y que el sol brillaba entre alguna nube. Los días soleados eran los favoritos de Sheila. Sacaba a la niña fuera y le daba un paseo en la sillita. La propiedad de Zeke era enorme y tanto a Sunnie como a ella les encantaba descubrirla. La niña estaba fascinada con los caballos y se quedaba mirándolos como si estuviese intentando averiguar qué eran.

Y luego estaban las noches, en las que Sheila se quedaba dormida en brazos de Zeke después de haber hecho el amor. Era el amante más generoso que había conocido y hacía que se sintiese especial cada vez que la tocaba. Zeke era todo pasión y le gustaba hacer el amor dentro y fuera de la cama. Le gustaban sobre todo los encuentros rápidos y repentinos. Y Sheila sonrió al pensar que a ella también le estaban gustando.

Zeke solía trabajar en el despacho que tenía en el piso de abajo mientras ella jugaba con Sunnie y la entretenía. Y cuando terminaba, salía para estar con ellas. Un día las había llevado a un parque cercano y otro, al zoo.

Ese día en concreto, Zeke había ido a su despacho de la ciudad y Sheila estaba sola en su casa cuando sonó el teléfono. Zeke solía recibir las llamadas en el teléfono móvil, así que Sheila decidió no contestar, dejando que saltase el contestador.

–Hola, Ezekiel. Soy tía Clarissa. Solo te llamo para ver cómo estás. He estado en el médico esta mañana y me ha dicho que estoy bien. ¿Qué tal está el bebé aquel que dejaron en la puerta del club diciendo que era de Brad? Me dijiste que ibas a asegurarte de que la niña estaba bien, ¿cómo va la cosa? Conociéndote, seguro que no la pierdes de vista hasta que averigües la verdad...

A Sheila se le hizo un nudo en el estómago al oír aquello. ¿Era ese el motivo por el que seguía allí? ¿Por eso no la había llevado Zeke a su casa? ¿Por eso le hacía el amor todas las noches? ¿Estaba mostrando interés en ella para no perder de vista a Sunnie?

Contuvo las lágrimas que se le agolparon en los ojos. ¿Qué otro motivo podía tener? ¿Cómo había podido ella pensar, y esperar, que pudiese haber otro? ¿Es que todavía no había aprendido la lección? ¿Acaso no le habían enseñado su padre, su madre y su hermana que no tenía a nadie en el mundo?

Si había bajado la guardia era solo porque estaba acostumbrada a que las personas a las que quería intentasen distanciarse de ella. Por eso no había ido nunca a verla su padre, por eso Lois prefería que ella no fuese a Atlanta y por eso su madre nunca la invitaba a su casa.

Pero Zeke había sido la excepción. Había querido tenerla cerca. Aunque ya conocía el motivo.

Respiró hondo. Cuando volviese a casa, le diría que quería marcharse a la suya. No le daría más explicaciones. Se sentía avergonzada y humillada.

A ver cuándo aprendía la lección.

Zeke miró a Sheila sorprendido.

—¿Te quieres marchar a casa?

Ella siguió guardando las cosas de la niña.

—Sí. Estamos aquí porque fuiste muy generoso al ofrecernos tu casa mientras no había electricidad en la mía, pero ya ha vuelto y no hay ningún motivo para que sigamos aquí.

Él se contuvo para no decirle que hacía días que ambos sabían que ya había electricidad en su casa y, hasta entonces, no había tenido prisa por marcharse… ni él en dejarla marchar. ¿Qué había ocurrido para que cambiase así de actitud? Se frotó el cuello.

—¿No tienes nada que contarme, Sheila?

Ella levantó la vista.

—No. Solo me quiero ir a casa.

Él siguió mirándola fijamente. Había sabido que, antes o después, se iría a su casa. Tenía que ser realista.

–Está bien. Podemos llevar parte de las cosas de Sunnie ahora y ya vendrás a por el resto otro día.

–Prefiero llevármelo todo ahora. Así no tendré que volver.

A Zeke aquello le sonó a ruptura pura y dura. ¿Por qué?

–De acuerdo, entonces, será mejor que empiece a cargar el coche –dijo, saliendo de la habitación.

Sheila miró la puerta por la que Zeke acaba de salir y, de repente, se sintió sola. Lo mejor sería ir acostumbrándose.

Los días de Sunnie en su casa estaban contados y, sabiendo cuáles eran las motivaciones de Zeke, lo mejor sería cortar por lo sano cuanto antes.

En la habitación de al lado, Zeke estaba desmontando la cuna que ya se había acostumbrado a ver allí. ¿Por qué se sentía como si estuviese perdiendo a su mejor amigo? ¿Por qué estaba volviendo a sentirse abandonado?

Al parecer, era evidente que despertar a su lado por las mañanas había significado más para él que para ella. Se había acostumbrado a tener a Sunnie y a Sheila en su casa y había disfrutado del tiempo que habían pasado juntos. Una parte de él había dado por hecho que el sentimiento era mutuo, pero estaba claro que se había equivocado.

Acababa de desmontar la cuna cuando le sonó el teléfono móvil. Se lo sacó del bolsillo.

–¿Dígame?

–Me acaba de llamar mi abogado –le dijo Brad–. Es posible que tenga los resultados de la prueba de paternidad mañana mismo. Ojalá. Necesito continuar con mi vida. Y con las elecciones.

–Me alegra oírlo.

Zeke se alegraba por Brad, aunque no por Sheila, que tendría que separarse de la niña, seguramente para dársela a los servicios sociales.

–Llámame en cuanto tengas noticias –le dijo a Brad.

Su mejor amigo se echó a reír.

–No te preocupes. Serás el primero en saberlo.

Unas horas después, ya en su casa, Sheila vio marchar a Zeke desde la ventana. Se había quedado hasta que había montado la cuna. Estaba segura de que la había notado fría, pero no le había hecho preguntas. Ni le había comentado que fuese a volver por allí.

Aunque seguro que volvía, ya que su única intención era espiarla. Cuando lo hiciese, sería ella quien pusiese las condiciones. No le importaba que viese que se estaba ocupando bien de Sunnie, pero no permitiría que volviese a utilizarla.

Se apartó de la ventana para llevar a Sunnie al baño y en ese momento sonó el teléfono. Atravesó la habitación para responder.

–¿Dígame?

–¿Señorita Hopkins?

–¿Sí?

–Soy la trabajadora social.

A Sheila se le hizo un nudo en el estómago.

–¿Sí?

–El laboratorio nos ha informado de que los resultados de la prueba de paternidad de Bradford Price van a llegar antes de lo esperado. Solo quería que lo supiera.

Sheila tragó saliva y miró a la niña. Estaba sentada en su hamaca, jugando y riendo.

–¿Lo sabe ya el señor Price?

–Supongo que sí. Su abogado ya está al corriente.

Sheila respiró hondo. Si Bradford Price lo sabía, Zeke debía de saberlo también. ¿Por qué no se lo había contado?

–¿Señorita Hopkins?

–¿Sí?

–¿Quiere hacerme alguna pregunta?

–No.

–De acuerdo. ¿Cómo está la niña?

Sheila volvió a mirar a la pequeña.

–Está bien.

–Me alegro. La volveré a llamar para decirle cuándo la tiene que traer.

Sheila colgó el teléfono y contuvo las lágrimas.

Zeke entró en su casa convencido de que había algo que había hecho que Sheila cambiase de actitud hacia él, pero no sabía el qué.

Fue directo a la cocina a por una cerveza y notó la casa demasiado vacía. Había hecho falta tener allí a Sheila y a Sunnie para darse cuenta de la diferencia que había entre una casa y un hogar. Lo suyo era una casa.

Se había terminado la cerveza e iba a subir a su dormitorio cuando vio que parpadeaba una luz en el teléfono. Fue a escuchar los mensajes y sonrió al oír la voz de su tía. Luego frunció el ceño. ¿Cuándo había llamado su tía? Volvió a escuchar el mensaje. Había llamado hacia el mediodía, cuando Sheila estaba en casa. ¿Habría oído el mensaje?

Se pasó las manos por la cara, dándose cuenta de las conjeturas que podía haber hecho si lo había oído. Sunnie no era el motivo por el que había querido pasar tiempo con ella, pero después de oír el mensaje de su tía, Sheila podía haber dado por hecho que lo era.

Se sentó en el sofá e intentó recordar todo lo que había ocurrido entre ambos a lo largo del día. Sheila casi no le había hablado ni siquiera en el trayecto de vuelta a su casa. Había sido educada, no había habido enfado ni irritación en su voz, pero era evidente que algo la había molestado.

Zeke tomó aire. Sheila no sabía lo que había llegado a significar para él. ¿Cómo iba a saberlo, si él mismo solo acababa de darse cuenta? Zeke se dio cuenta en ese momento de que había hecho con Sheila lo que no había querido hacer con ninguna otra mujer. Se había enamorado de ella.

No necesitaba preguntarse cómo había podido ocurrir. Al pasar tiempo con ella se había dado cuenta de lo que faltaba en su vida. Le había gustado llegar a casa y saber que ella estaría esperándolo allí. Y por las noches, cuando se acostaban, había sentido que su cama era el lugar en el que tenía que estar.

Zeke había pensado en sacar el tema de una posible relación entre ambos, pero había preferido dejarlo para cuando se hubiese terminado todo lo concerniente a Sunnie. Se había imaginado yendo despacio con ella para poder construir una relación sólida, pero, al parecer, nada de eso iba a ocurrir ya.

Entonces pensó en la llamada de Brad. Tenía que habérsela contado a Sheila, pero al verla tan apagada, había decidido no hacerlo. Lo último que quería era preocuparla todavía más.

Deseó subirse al coche e ir a su casa a decirle que había sacado conclusiones equivocadas acerca del motivo por el que quería estar con ella, pero después decidió dejarle algo de espacio esa noche. Ya la vería al día siguiente y, con un poco de suerte, podrían sentarse y hablar seriamente.

Se levantó del sofá y entonces oyó el teléfono.

Respondió enseguida, con la esperanza de que fuese Sheila, e hizo una mueca al ver que se trataba de su padre. Matthew Travers estaba empeñado en que su hijo mayor no guardase las distancias con él.

Solía llamarle con frecuencia y si Zeke no respondía a la llamada, Matthew era capaz de mandar a uno de sus otros hijos a comprobar cómo estaba. Él mismo se había presentado en la puerta de su casa en una o dos ocasiones. Así que Zeke había aprendido por las malas que su padre era un hombre acostumbrado a salirse siempre con la suya.

Zeke sacudió la cabeza al pensar que debía de ser una característica típica de los Travers, porque a él le pasaba lo mismo. Sin duda, era lo que le ocurría con Sheila.

—¿Dígame?

—¿Qué tal estás, hijo?

Zeke respiró para relajarse. Su padre siempre empezaba así la conversación, llamándolo hijo. Haciéndole saber que lo consideraba como tal.

Zeke se volvió a sentar en el sofá y estiró las piernas.

—Estoy bien, papá.

A veces todavía le sonaba raro después de doce años llamar a Matthew Travers papá. Hacía tiempo que no hablaban y tuvo la sensación de que su padre tenía ganas de charlar.

***

Al día siguiente Zeke fue a su despacho temprano con la intención de seguir un par de pistas. Aunque se demostrase que Brad no era el padre de Sunnie, seguía habiendo alguien por ahí con un plan de extorsión cuyas víctimas eran los miembros del Club de Ganaderos de Texas.

Decidió que se marcharía sobre las cinco y pasaría por casa de Sheila. La noche anterior no había dejado de pensar en ella. Y no le había gustado tener que dormir solo. Sin duda, los días que había pasado con ella le habían cambiado la vida.

Sentado a su escritorio, recordó la conversación que había mantenido con su padre. A este seguía sin parecerle bien que hubiese rechazado el puesto de jefe de seguridad en Travers Enterprises para irse a Royal a trabajar con Darius. Él había intentado explicarle que prefería vivir en una ciudad pequeña.

Además, si no se hubiese mudado a Royal, no habría conocido a Sheila.

Un par de horas después seguía trabajando cuando su secretaria lo llamó por el intercomunicador.

–¿Sí, Mavis?

–El señor Price y su abogado están aquí y quieren verlo.

Zeke miró el reloj de su mesa y frunció el ceño. No podía creer que ya fuesen las cuatro de la tarde. Se preguntó qué harían allí Brad y su abogado.

–Hazlos entrar, por favor.

Unos segundos después se abría la puerta y entraba un enfadadísimo Brad seguido por Alan Nelson, su abogado. Zeke se dio cuenta de que su amigo estaba furioso y Alan, agobiado, y supo que algo iba mal.

–¿Qué pasa? –preguntó.

–¡Esto! –exclamó Brad, tirando un documento encima del escritorio–. Lo acaba de recibir Alan. Es una copia del resultado de la prueba de paternidad, según el cual ese bebé es mío.

Sheila colgó el teléfono. La señorita Talbert había vuelto a llamarla. Ya tenía el resultado de la prueba de paternidad, aunque todavía no podía compartirlo con ella y la llamaría en uno o dos días para decirle cuándo y adónde debería llevar a la niña.

Sheila se puso a temblar.

Era enfermera, así que sabía que no debía encariñarse con ningún paciente. Al principio había querido tratar a Sunnie como si estuviese a su cuidado, pero esa teoría había muerto en cuanto la niña la había mirado con sus bonitos ojos castaños.

Lo único que quería la pequeña era ser querida y pertenecer a alguien. Y Sheila lo había entendido muy pronto, dado que era lo mismo que quería para sí misma.

Esperaba que Sunnie tuviese más suerte de la que ella había tenido.

Aunque no sería así si iba a un centro de acogida. Eso era lo que más la preocupaba. Quiso llamar a Zeke, pero supo que no podía hacerlo.

Se acercó a Sunnie. Les quedaba muy poco tiempo juntas y pretendía disfrutar de él al máximo. Aunque la niña solo tuviese cinco meses, quería que se sintiese querida y mimada. Porque, en el fondo, Sheila la quería de verdad.

–Tranquilízate, Brad –dijo Zeke, mirando después a Alan–. ¿Me puedes explicar qué está pasando?

Brad se dejó caer en la silla que había delante del escritorio de Zeke y este vio como el abogado se relajaba un poco.

Alan sacó un pañuelo y se limpió el sudor de la frente antes de decir:

–De acuerdo con la prueba de paternidad existe un vínculo genético entre el señor Price y el bebé.

Zeke arqueó una ceja.

–¿Qué quiere decir eso?

–Que, aunque existe un vínculo, eso no significa que sea el padre de Jane Doe.

A Zeke le molestó que Alan llamase Jane Doe a la niña.

–Se llama Sunnie.

El otro hombre lo miró confundido.

–¿Qué?

–Que la niña se llama Sunnie. Entonces, si he

entendido bien, el resultado de la prueba no es determinante.

—No, pero existe un vínculo genético —repitió Alan.

Zeke suspiró con frustración. Luego miró a Brad.

—Brad, sé que no recuerdas haber tenido ninguna relación sexual durante la época en la que debió de ser concebida Sunnie, pero ¿has donado en algún momento tu esperma a algún banco de semen o algo así?

—¡Por supuesto que no!

—Era solo una pregunta, conozco a varios que lo hicieron cuando estábamos en la universidad —dijo Zeke.

—Bueno, pues yo no lo he hecho nunca —insistió Brad, poniéndose en pie—. ¿Qué voy a hacer? Si se corre la voz ya puedo despedirme de la presidencia del club.

Zeke sabía que era probable que se corriese la voz. En Royal, como solía ocurrir en las ciudades pequeñas, la gente tenía tendencia a cotillear.

—¿Quién te ha comunicado los resultados? —le preguntó a Alan.

—La mujer de los servicios sociales —le contesto este—. También fue ella la que llamó ayer por la tarde para decirme que los resultados llegarían antes de lo previsto. Yo llamé a Brad y le informé al respecto.

Zeke asintió. Y Brad lo había llamado a él.

—¿Te comentó si iba a contárselo a alguien más?

–No, salvo a la mujer que tiene la custodia de Jane Done –respondió Alan, que al ver fruncir el ceño a Zeke, se corrigió–. De Sunnie, quería decir.

Zeke se puso en pie de inmediato.

–¿Llamó a Sheila Hopkins?

–Sí, si es ese el nombre de la mujer con la que está la niña. Estoy seguro de que no le comunicó los resultados de la prueba, solo le dijo que habían llegado –añadió Alan–. ¿Algún problema?

Sí, Zeke veía un problema, pero no tenía tiempo de explicárselo a los otros dos hombres.

–Tengo que marcharme –anunció, tomando su Stetson y su chaqueta y yendo hacia la puerta.

–¿Qué ocurre? –le preguntó Brad, poniéndose en pie también.

–Te llamaré –le dijo Zeke antes de salir por la puerta.

Sheila oyó ruidos en la calle y, apoyándose a Sunnie en la cadera, fue a mirar por la ventana. Apartó la cortina y vio a Summer al otro lado de la calle, rodeada de flamencos rosas.

Había oído hablar del último plan para recaudar fondos para la casa de acogida de mujeres. A alguien se le había ocurrido dejar un montón de flamencos de plástico en un jardín hasta que su dueño donase algo de dinero, cuando esto sucedía, los flamencos iban a parar a otro jardín.

Sunnie estaba emocionada, haciendo todo

tipo de ruidos al ver los flamencos, y eso hizo que a Sheila le entrasen todavía más ganas de llorar, ya que iba a llegar el día en que no los volviese a oír. Sabía que debía animarse, pero no podía.

Miró a Sunnie.

—Es la hora de tu cena, cariño.

Poco después de que cenase la niña, Sheila le dio un baño y la llevó a dormir. La niña solía estar agotada a partir de las seis de la tarde y dormía toda la noche del tirón, despertándose a desayunar sobre las siete de la mañana. Sheila no pudo evitar preguntarse si la próxima persona que la cuidase mantendría aquel horario.

Oyó el timbre justo cuando estaba bajando las escaleras. Se imaginó que sería Summer, que pasaba a saludar después de haberse deshecho de los flamencos. Corrió a abrir para que no llamase otra vez y despertarse a Sunnie, y al mirar por la mirilla le dio un vuelco el corazón. No era Summer, sino Zeke.

No tenía ninguna duda de por qué estaba allí. Para espiarla y asegurarse de que estaba cuidando de Sunnie. Tomó aire y abrió la puerta muy despacio.

Capítulo Nueve

Sheila había estado llorando. Zeke se dio cuenta nada más verla. Tenía los ojos rojos y ligeramente hinchados y al mirarla mejor vio que le temblaba ligeramente la barbilla, como si estuviese intentando contener las lágrimas en ese momento también. No sabía si esas lágrimas eran por Sunnie o porque creía que él la había utilizado.

Deseó abrazarla con fuerza y decirle lo equivocada que estaba, explicarle lo mucho que significaba para él, pero sabía que no podía hacer eso. Sabía que si lo hacía tendría que demostrárselo, no le bastaría con las palabras.

Tal vez a él lo hubiesen abandonado de niño, pero a ella, también. Aquellos que debían haberla querido y apoyado no lo habían hecho. Para Zeke, eso era todavía peor que lo que le había ocurrido a él.

–Ya sé a qué has venido –dijo ella por fin, rompiendo el silencio.

–¿Sí?

–Sí. Sunnie está dormida, así que vas a tener que creerme si te digo que hemos pasado un día estupendo. Ahora, adiós.

Intentó cerrar la puerta, pero él puso un pie en medio para evitarlo.

–Gracias por la información, pero no es a eso a lo que he venido.

–Entonces, ¿qué haces aquí?

–He venido a ver a la mujer con la que he hecho el amor varias veces. La mujer con la que me he acostumbrado a despertarme por las mañanas. La mujer a la que deseo incluso ahora.

–No deberías decir cosas que no piensas.

–Sheila, tenemos que hablar. Sé que oíste el mensaje que dejó mi tía, pero has sacado conclusiones equivocadas.

–¿Sí?

–Sí.

Ella se cruzó de brazos.

–Pues yo no lo creo.

–Piensa en el enorme error que podrías estar cometiendo si estuvieses equivocada. Déjame entrar para que podamos hablar.

Zeke la vio mordisquearse el labio inferior, un labio que él había chupado, besado y devorado muchas veces desde que la conocía. Hacía menos de dos semanas, ¿no? ¿Cómo podía haberse enamorado de ella tan pronto?

Respiró hondo. Era cierto. Se había enamorado de Sheila Hopkins, tenía que reconocerlo.

–De acuerdo. Entra.

Sheila se apartó y él entró enseguida, por si cambiaba de idea. Una vez dentro miró a su alrededor y se dio cuenta de lo distinta que estaba la casa. No había cosas de bebé. Todo estaba reco- gido y metido en una caja que había en un rin- cón.

Sheila no quiso esperar a que Zeke dijese nada después de ver la caja y se le adelantó.

–Por favor, no finjas que no sabes que voy a te- ner que separarme de Sunnie mañana.

Él arqueó la ceja.

–¿Eso te han dicho?

Ella se encogió de hombros.

–No, la verdad es que no, pero la señora Tal- bert me llamó para contarme que tenían los re- sultados de la prueba de paternidad. Y dado que tú estabas tan seguro de que la niña no era de tu amigo, puedo dar por hecho que la van a llevar a un centro de acogida.

Él se apartó de la puerta y se puso delante de Sheila.

–Pues no deberías dar nada por hecho. Mi in- vestigación no ha concluido. ¿Y sabes cuál es nuestro problema, Sheila?

Ella se puso tensa.

–¿Cuál?

–Que te precipitas sacando conclusiones y a veces te equivocas.

Sheila lo fulminó con la mirada antes de ir a sentarse en el sofá.

–De acuerdo, Zeke. Entonces, dime, ¿en qué me equivoco?

Él se sentó en el sillón que había enfrente del sofá.

–En primer lugar, en lo relativo a la llamada de teléfono de mi tía. Sabe lo del caso que estoy llevando y sabe que Brad es mi mejor amigo, y que pretendo limpiar su nombre. Y tiene razón. Quiero tener vigilada a Sunnie y tal vez ese sea el motivo por el que me acerqué a ti al principio, pero no es el que me trajo de vuelta aquí. No sé si recuerdas que estuve cuatro días sin veros, ni a la niña ni a ti.

–Entonces, ¿por qué volviste?

–Por ti. Porque no podía mantenerme alejado de ti.

Zeke vio duda en los ojos de Sheila y supo que había encontrado la horma de su zapato. Pero acabaría consiguiendo que lo creyese. Tenía que hacerlo. Le costó trabajo no acercarse más a ella. Iba vestida con unos vaqueros y un jersey, descalza, y estaba muy guapa. Impresionante. A pesar de tener los ojos hinchados.

–¿Por qué no me contaste que los resultados de la prueba podían llegar antes de lo previsto, para prepararme?

–Porque sabía lo unida que estabas a Sunnie y no quería darte la mala noticia antes de tiempo. Con respecto a esto, tengo que decir que el resultado no ha negado la paternidad de Brad.

Sheila se echó hacia delante y lo miró de forma acusatoria.

–Pero si tú estabas convencido de que Bradford Price no es el padre de Sunnie.

–Y sigo estándolo. La prueba ha revelado que

existe un vínculo genético. Y voy a averiguar cómo es posible. No es hija de la hermana de Brad, pero su hermano falleció el año pasado. Yo solo vi a Michael una vez, cuando estábamos en la universidad y vino a pedirle dinero a Brad.

Zeke tomó aire al recordar aquello.

—Michael era el hermano pequeño de Brad y, según este, se había juntado con malas amistades en el instituto, había dejado los estudios y se había dado a las drogas. Por eso lo desheredó el señor Price.

—¿Y qué le pasó?

—Murió en un accidente de tráfico el año pasado, pero el caso no se ha aclarado, al parecer encontraron gran cantidad de droga en su sangre.

—Qué horror, pero eso significa que no puede ser el padre de Sunnie.

—He estado pensando en esa posibilidad de camino aquí. Michael debió de morir un par de meses antes de que Sunnie fuese concebida. De todas maneras, voy a comprobarlo. Brad también tiene varios primos que viven en Waco que están solteros.

Sheila volvió a ponerse cómoda en el sofá.

—¿Y qué pasará con Sunnie mientras tanto?

—La decisión dependerá de los servicios sociales. No obstante, voy a decirle a Brad que recomiendo que la niña se quede contigo hasta que el asunto esté resuelto.

A Sheila le brillaron los ojos.

–¿Y crees que accederán?

–No hay ningún motivo para que no lo hagan. Es un asunto delicado, que, por desgracia, pone a Brad en una situación incómoda. Aunque Sunnie no sea suya, puede que exista un vínculo familiar. Y conociéndolo como lo conozco, no le dará la espalda a la niña. A lo mejor incluso pide su custodia. Sunnie ha estado bien contigo hasta ahora y cuantos menos cambios hagamos, mejor.

Zeke se levantó para ir a sentarse a su lado en el sofá. Ella retrocedió sorprendida.

–Ahora que el tema de Sunnie está hablado, creo que hace falta que hablemos de otro –le dijo él.

Sheila se humedeció los labios con nerviosismo.

–¿De qué otro?

Él estiró los brazos sobre el sofá.

–De por qué piensas mal de mí. Por qué no crees que pueda estar interesado por ti y te niegas a creer que quiero tener una relación seria contigo.

–¿Por qué iba a pensar que te importo y que quieres tener una relación seria conmigo? Serías el primero.

–Yo no puedo hablar por nadie más, Sheila. Solo puedo hablar por mí mismo.

–Entonces, ¿quieres hacerme creer que lo nuestro ha sido algo más que sexo? –inquirió Sheila.

–Sí, eso es.

Zeke se levantó y fue a mirar por la ventana. Estaba oscureciendo fuera. Frunció el ceño y se preguntó qué hacían esos flamencos rosas en el jardín de los vecinos de Sheila y luego se acordó de que eran para recoger fondos para una buena obra.

Respiró hondo y se giró a mirar a Sheila. Esta estaba observándolo, probablemente preguntándose qué tramaba. Qué tenía en mente.

—No sé si sabes que no eres la única que tiene motivos para ser cauta con el tema de las relaciones amorosas. Yo las evito porque pienso que todo el mundo va a terminar por abandonarme.

Ella lo miró confundido y Zeke fue a sentarse de nuevo a su lado.

—Mi madre me abandonó. Me dejó en casa de mi tía cuando yo tenía cinco años. Lo mismo que a Sunnie. No volví a verla hasta que no tenía diecinueve años. Y solo porque pensó que iba a llegar al fútbol profesional e iba a poder sacarme partido.

Vio que Sheila lo miraba con lástima. No quería su lástima, solo quería que lo entendiese.

—Desde que mi madre me dejó, estuve mucho tiempo pensando que si hacía algo malo mi tía me abandonaría también.

—Por eso no hiciste nunca nada malo.

—Intenté no hacerlo. Así que, ya ves, Sheila, yo también tengo dudas, como tú.

Ella esperó un momento antes de preguntar:

—¿Y tu padre?

—No lo conocí de niño. Mi tía no tenía ni idea de quién era y mi madre no me lo dijo. Estaba en la universidad cuando ocurrió algo increíble.

—¿El qué? —le preguntó Sheila con curiosidad.

—Que había un chico en el campus que todo el mundo decía que era igual que yo. Cuando lo conocí me di cuenta de que era cierto. Era un año más joven que yo y se llamaba Colin Travers.

—¿Tu hermano?

—Sí, pero no sabíamos que éramos hermanos porque yo era Ezekiel Daniels. Colin llamó a su padre y le dijo mi nombre, y este recordó que había tenido una breve aventura con mi madre antes de casarse. También recordó que mi madre le había asegurado que estaba embarazada de él. De él, o de otro hombre, no estaba segura, por lo que mi padre dio por hecho que era mentira e hizo que sus abogados se ocupasen de todo.

—¿Y cómo te trató tu padre cuando por fin se enteró de tu existencia? —le preguntó Sheila.

—Me recibió con los brazos abiertos. Toda su familia lo hizo. Su mujer, mis cinco hermanos y mi hermana. Me pidió que me cambiase el apellido y lo hice con veintiún años. Y, hasta ahora, es lo único que he querido de él. Y eso que me ha ofrecido muchas cosas. Desde hace doce años que sé que es mi padre, no le he pedido nada ni pretendo hacerlo.

—¿Y quién es tu padre, Zeke?

—Matthew Travers.

Ella se quedó boquiabierta.

–¿El millonario hecho a sí mismo de Houston?

Zeke no pudo evitar echarse a reír.

–Sí. Eso es.

–¿Le tienes rencor por no haber formado parte de tu vida de niño?

–Se lo tenía, pero cuando me lo contó todo y conociendo a mi madre como la conozco, no me sorprendió. Ha intentado recompensarme de muchas maneras, aunque yo le he dicho en innumerables ocasiones que no me debe nada.

Hizo una pausa antes de continuar.

–Así que ya ves, Sheila, no eres la única que tiene problemas. Yo también los tengo, lo admito, pero quiero solucionarlos contigo. Quiero arriesgarme y quiero que tú lo hagas también. Lo que siento estando contigo me hace sentir bien y no tiene nada que ver con Sunnie.

Sacudió la cabeza y añadió:

–Necesito saber si estás dispuesta a darnos una oportunidad.

A Sheila le dio un vuelco el corazón. Zeke le estaba pidiendo que tuviesen una relación seria, algo más que un revolcón.

Había creído tener algo con Crawford y este le había hecho daño.

¿Podía volver a arriesgarse?

–Mi último novio era visitador médico. Viajaba mucho y me dejaba mucho tiempo sola. Un

día volvió y me dijo que me había buscado susti-
tuta.

–Eso no va a ocurrir –le aseguró Zeke.

–¿Cómo lo sabes?

–Porque me gustas tanto que no soy capaz de
pensar con claridad. Sueño contigo por las noches y me despierto pensando en ti. Cuando te
hago el amor, me siento como si estuviese en el
cielo.

–Oh, Zeke –dijo ella, tomando aire y pensando que si aquello era un juego, lo estaba jugando
muy bien.

Quería pensar que no lo era y que Zeke era
sincero. Quería creerlo.

–Siempre estaré a tu lado, Sheila. Siempre
que me necesites. No te defraudaré. Tienes que
confiar en mí. Créeme.

Ella contuvo las lágrimas.

–Por favor, no me digas esas cosas si no las
sientes –le pidió.

–Las siento y te las voy a demostrar –le aseguró él, alargando los brazos hacia ella–. Confía en
mí.

La abrazó contra su cuerpo y le dio un beso.

Sheila se sentía muy bien en brazos de Zeke. Y
quería creer todo lo que le había dicho porque, a
pesar de haber intentado evitarlo, sabía que lo
quería. Él no había dicho que la quisiera, pero quería formar parte de su vida y que empezasen una

relación. Y eso era más de lo que le había dado nunca nadie.

Además, Zeke no se marcharía de viaje con frecuencia, estaría ahí cuando lo necesitase.

Pero en esos momentos no quería pensar en nada, solo en el beso que le estaba dando.

Ella se lo estaba devolviendo con la misma pasión mientras el calor iba creciendo en su interior. El calor mezclado con el amor que sentía por él, que estaban despertando en ella emociones que había mantenido a raya durante mucho tiempo. Zeke las estaba sacando todas a flote sin ningún esfuerzo, ganándose su confianza, haciéndola creer en él y haciendo que se enamorase todavía más.

Notó que la levantaba en volandas y la llevaba escaleras arriba. Sus labios no se separaron hasta que la hubo tumbado en la cama.

–Umm –murmuró entonces ella a modo de protesta, echando de menos el calor de sus labios.

–No te preocupes que no voy muy lejos, cariño. Solo tenemos que desnudarnos –le susurró Zeke apasionadamente.

Sheila observó con deseo cómo Zeke se quitaba la ropa y se ponía un preservativo antes de volver a su lado.

Él le tomó la mano para acercarla más y le dijo.

–¿Sabes cuánto he echado de menos despertarme a tu lado? ¿Hacerte el amor? ¿Estar dentro de ti?

Ella negó con la cabeza.

—No.

—Entonces, deja que te lo demuestre.

Zeke quería ir despacio, se negaba a darse prisa. Necesitaba hacerle el amor a Sheila tanto como respirar. La desnudó y aspiró su olor, que tanto había echado de menos.

—Hueles muy bien, nena.

—Huelo a polvos de talco —dijo ella sonriendo—. Es uno de los inconvenientes de tener un bebé cerca.

Él rio.

—Hueles a bebé. Mi bebé —le dijo.

Y luego volvió a besarla.

Poco después soltaba sus labios y empezaba a acariciarle todo el cuerpo hasta llegar a la unión de sus muslos, que ya estaba húmeda, preparada. Su erección aumentó todavía más. Empezó a acariciarla allí.

—Zeke…

—Eso es, di mi nombre. Dilo. Quiero que sea el único nombre que vuelvas a decir cuando te sientas así.

Y luego cambió de postura para poder penetrarla. La cubrió con su cuerpo y la miró a los ojos mientras entraba en ella muy despacio. No pudo evitar estremecerse al notar el calor de su sexo alrededor de la erección.

Sheila lo abrazó con las piernas y él empezó a moverse, sabiendo que disfrutaría de aquella conexión que tenían hasta el último día de su vida.

Nunca había deseado a una mujer como deseaba a aquella.

Empezó a entrar y a salir con movimientos largos hasta que consiguió que Sheila gritase su nombre.

Su nombre.

Y algo explotó en su interior y le hizo temblar de placer. En ese momento supo que, le costase lo que le costase, iba a conseguir que Sheila lo amase. Le demostraría que se había convertido en algo más que una tentación para él. Se había convertido en su vida.

Sheila se acurrucó todavía más entre los brazos de Zeke y miró el reloj que había en la mesilla. Era casi medianoche. Se habían levantado un rato antes para ir a ver a Sunnie y tomar algo ligero de cenar. Mientras cenaban, él le había contado más cosas acerca de su relación con la familia Travers. Y ella había compartido con él lo horrible que había sido su relación con Crawford, así como lo tensas que eran las relaciones con su madre y hermana.

Zeke la había escuchado y luego se había levantado de la mesa para limpiarle las lágrimas de los ojos antes de tomarla en brazos y volver a llevársela al piso de arriba, donde habían vuelto a hacer el amor. En esos momentos estaba dormido y ella despierta, todavía disfrutando de la sensación de haber tenido aquella noche más orgasmos de los que podía contar, pero que siempre recordaría.

Trazó con cuidado la curva de su rostro con la punta del dedo. Era difícil de creer que un hombre tan guapo la desease. La hacía sentirse especial y necesitada. No pudo evitar sonreír.

–Umm, siento interrumpir esos pensamientos que te están haciendo sonreír, pero...

Y entonces Zeke se incorporó, la agarró por la nuca y le dio un apasionado beso.

Cuando por fin le soltó los labios, fue para sentarla a horcajadas encima de él y agarrarla por las caderas con firmeza.

–Vamos a hacer el amor así.

Todavía no lo habían hecho en aquella posición y Sheila dudó y lo miró fijamente, sin saber qué quería que hiciese.

Él sonrió y le preguntó:

–¿Sabes montar a caballo?

Ella asintió despacio.

–Sí, por supuesto.

–Pues móntame a mí.

Sheila levantó su cuerpo lo suficiente para permitir que la penetrase y luego volvió a apoyarse en él. Volvió a levantarlo y, al bajar, se apretó contra él lo más fuerte posible.

Y luego hizo lo que Zeke le había pedido.

Brad miró a Zeke, que estaba sentado al otro lado del escritorio.

–¿Cuál es el motivo por el que ayer te marchaste tan rápidamente?

Zeke apoyó la espalda en su sillón. Esa mañana se había marchado de casa de Sheila más tarde de lo planeado, sabiendo que todavía tenía que pasar por casa a cambiarse de ropa antes de ir a trabajar. No le había sorprendido encontrarse a Brad esperándolo. Había visto el periódico del día. El vínculo genético entre Brad y la niña estaba en primera página.

Cuando se había parado en el Royal Diner a comprar un café, el local, cuna de todos los cotilleos de la ciudad, bullía con la noticia. Esta debía de haberse filtrado desde el laboratorio o desde el hospital. En cualquier caso, ya la conocía todo el mundo.

Y la reacción había sido de sorpresa.

–Tiene que ver con Sheila –contestó por fin.

Brad arqueó una ceja.

–¿La mujer que cuida del bebé?

–Sí.

Brad lo estudió en silencio y Zeke supo lo que estaba haciendo. Su mejor amigo lo conocía muy bien.

–¿Por qué tengo la sensación de que la tal Sheila Hopkins es algo más que un caso en el que estás trabajando? –preguntó por fin.

–Probablemente, porque me conoces demasiado bien, y tienes razón. Hace menos de dos semanas que la conocí y me ha calado hondo, Brad. Creo… que me he enamorado de ella.

–¿Que te has enamorado? –inquirió Brad sorprendido.

–Sí, y ya sé lo que estás pensando. No es eso. Me importa de verdad. Y ella es todavía más cauta que yo con esto de las relaciones. He tenido que demostrarle lo mucho que significa para mí. Todavía no puedo decirle lo que siento por ella, pero voy a demostrárselo.

Brad esbozó una sonrisa.

–Vaya, qué sorpresa. Te deseo lo mejor.

–Gracias, tío. Quiero que sepas que está muy preocupada por lo que va a pasar con Sunnie. Le ha tomado mucho cariño.

Hizo una pausa y luego añadió:

–Ya que estás aquí, quiero enseñarte un vídeo.

–¿Un vídeo?

–Sí, en él sale una mujer dejando la sillita del coche en la que estaba la niña en la puerta del club. Lo único que se ve son sus manos.

–¿Y crees que voy a ser capaz de reconocer las manos de una mujer? –preguntó Brad.

Zeke se encogió de hombros.

–Habrá que intentarlo.

Tomó el mando a distancia para poner el vídeo en la pantalla que tenía en el despacho.

Unos segundos después llamaban a la puerta. Zeke recordó entonces que su secretaria se había tomado libre parte de la mañana.

–Adelante.

Summer entró en el despacho.

–Hola, chicos, siento interrumpir, pero ya sa-

146

béis que estamos recogiendo fondos para la casa de…

Se interrumpió y se quedó mirando fijamente la pantalla, Zeke había detenido la imagen en la que salían las manos de la mujer.

–¿Qué hacéis viendo un vídeo de las manos de Diane Worth?

Ambos hombres la miraron fijamente y Zeke preguntó sorprendido:

–¿Reconoces esas manos?

Summer sonrió.

–Sí, pero solo por la pequeña cicatriz que tiene en el dorso de la mano derecha, que habría sido más grande si el doctor Harris no la hubiese suturado tan bien. Y por el lunar con forma de estrella que tiene entre el tercer y el cuarto dedo.

Sonrió todavía más y añadió:

–Y antes de que lo preguntéis, os diré que si conozco también sus manos es porque fui yo quien le vendé la herida después de que el doctor Harris se la curase.

Zeke se levantó de su sillón y se apoyó en el borde del escritorio.

–¿Ha estado por la casa de acogida últimamente?

–Hace unos siete meses. Estaba embarazada de ocho meses y su novio, que era muy violento, le había cortado en la mano con un cuchillo. No quiso denunciarlo y se quedó en la casa una semana, antes de desaparecer sin dejar rastro.

Zeke asintió despacio.

–¿Tienes alguna información que puedas darnos acerca de ella?

–No, nuestros archivos son confidenciales por ley, para proteger a las mujeres que llegan a la casa. Pero puedo decirte que la información que nos dio no era correcta. Cuando desapareció, intenté encontrarla para asegurarme de que estaba bien y no lo conseguí. Ni siquiera estoy segura de que Diane Worth sea su verdadero nombre.

Zeke se frotó la barbilla.

–¿Y dices que estaba embarazada de ocho meses y que desapareció sin dejar rastro?

–Sí, pero tal vez Abigail pueda ayudarte algo más.

Brad arqueó una ceja.

–¿Abigail Langley?

Summer asintió.

–Sí. Abigail me contó que había visto a Diane la noche que desapareció, subiéndose a un coche, con un hombre, por voluntad propia.

–Ha pasado mucho tiempo, no sé si Abigail sería capaz de identificar a ese hombre –musitó Brad.

–Podemos ir a verla y preguntárselo –sugirió Zeke, mirando a Summer–. Necesitamos una descripción de Diane Worth para la policía. ¿Nos la puedes hacer tú?

Summer sonrió.

–Con una orden judicial podría hasta daros la grabación de la cámara de seguridad que tenemos en la casa. Seguro que aparece en ella.

Zeke notó cómo la adrenalina le corría por las venas.

–¿Dónde está el juez Meadows? –le preguntó a Brad.

Este sonrió.

–Cazando con papá. Nos dará esa orden sin problema.

–Bien –respondió Zeke, mirándose el reloj–. Primero quiero ir a ver a Abigail Langley. Y luego veremos las grabaciones de la casa de acogida.

–Quiero ir contigo a ver a Abigail –le dijo Brad, poniéndose en pie.

Zeke arqueó una ceja.

–¿Por qué?

Brad se encogió de hombros.

–Porque sí.

Zeke puso los ojos en blanco mientras iba hacia la puerta.

–Vale, pero no vuelvas a hacerla llorar.

–¿Has hecho llorar a Abigail? –preguntó Summer con el ceño fruncido.

–No lo hice a propósito y luego me disculpé –contestó Brad arrepentido antes de seguir a Zeke por la puerta.

Capítulo Diez

–Necesitas un marido.

Sheila gimió por dentro. Qué pesada era su madre.

–No.

–Sí, claro que sí, y con esa actitud nunca lo conseguirás. Tienes que volver a Dallas a conocer a alguno de los sobrinos de Charles.

Sheila negó con la cabeza. Su madre la había llamado para contarle que había conocido a otro hombre, un rico petrolero, y a sus dos sobrinos. Cassie ya le había advertido de que no eran muy altos, pero que lo que les faltaba de altura, les sobraba de dinero.

–¿Por qué no vienes este fin de semana y...?

–No, mamá. No quiero volver a Dallas.

Su madre hizo una pausa antes de añadir:

–No quería contártelo, pero hoy me he encontrado con Crawford.

Sheila respiró hondo.

Ya no le dolía escuchar su nombre. Volvió a coger aire y dijo:

–Me alegro.

–Me ha preguntado por ti.

–Pues no sé por qué –respondió ella, mirando

hacia donde estaba Sunnie jugando, al otro lado de la habitación.

—Ya no está con esa mujer y creo que quiere volver contigo —le contó su madre.

—No volvería con él ni aunque fuese el último hombre de la Tierra.

—¿Acaso crees que puedes elegir?

Sheila sonrió.

—Pues sí.

—No sé quién te ha metido tantas tonterías en la cabeza. Yo conozco bien a los hombres. Son lo que son. Mentirosos, manipuladores, todos. La única manera de estar con ellos es ganándolos en su juego, pero no pierdas el tiempo con uno pobre. Busca uno con dinero. Que al menos merezca la pena.

Un rato después, Sheila estaba bañando a Sunnie y no pudo evitar recordar lo que su madre le había dicho.

Ese era su problema, que pensaba que la vida era un juego. Había engañado a todos sus maridos sin ningún motivo.

El teléfono sonó y fue a responder con la esperanza de que no fuese su madre.

—¿Dígame?

—Hola, belleza.

Sonrió al reconocer la voz de Zeke.

—Hola, guapo.

Habían hecho el amor antes de que él se marchase esa mañana y la sensación de placer no había desaparecido de su cuerpo en todo el día.

Zeke le contó que tenía una pista nueva y que iba a ir con Brad a hablar con Abigail Langley.

Cuando colgó el teléfono, Sheila supo que Zeke estaba muy cerca de la verdad.

¿Sería Diane Worth la madre biológica de Sunnie? Y si lo era, ¿por qué la había abandonado a la puerta del club afirmando que era hija de Bradford Price?

Abigail condujo a Zeke y a Brad al despacho que tenía en su casa.

–Sí, puedo daros una descripción del tipo –les dijo antes de sentarse–. Por entonces no sabía quién era, pero después vi su fotografía una noche, en la CNN, en un programa sobre tráfico de drogas. Se llama Miguel Rivera y es un conocido capo de Denver.

–¿De Denver? –preguntó Zeke, mirando a Brad–. ¿Y qué hacía un capo de la droga de Denver en Royal?

Brad se encogió de hombros.

–No sé, a no ser que esté relacionado con Paulo Rodríguez.

Brad le contó a Zeke lo ocurrido unos años antes, en el que el traficante de drogas local había metido a varios miembros importantes del Club de Ganaderos de Texas en un escándalo de malversación de fondos.

–Creo que voy a tener que ir a Denver a ver qué puedo averiguar –dijo Zeke–. Gracias por tu tiempo, Abigail.

–De nada. Ningún bebé debería ser abandonado así.

Zeke supo que el tema del bebé afectaba mucho a Abigail, así que prefirió no darle más vueltas.

–Tenemos que irnos. Tenemos que pasar por la casa de acogida, a ver qué podemos averiguar allí.

Estaban a punto de salir del despacho cuando Brad le preguntó a Abigail:

–¿Todavía lo tienes?

Zeke vio el trofeo que había encima de la mesa, al que se refería su amigo.

–Sí, lo encontré en casa de mis padres –respondió ella.

Intrigado, Zeke preguntó:

–¿De qué es?

Brad rio y tomó el trofeo para que Zeke lo viese.

–Este trofeo tenía que haber sido mío. Es de un concurso de deletrear que hicimos en el colegio y que yo tenía que haber ganado.

–Pero lo gané yo –respondió ella riendo–. No puedo creer que todavía no lo hayas superado.

Brad rio también.

–Yo tampoco.

–Pues olvídalo ya.

Zeke los observó.

Era evidente que compartían muchas historias. También era evidente que siempre habían sido rivales. Se preguntó si a partir de entonces compartirían también alguna risa.

De repente, la pareja se dio cuenta de que él estaba allí y Brad se aclaró la garganta.

–Será mejor que nos marchemos. Adiós, Abby.

–Adiós, Brad. Hasta pronto, Zeke.

–Hasta pronto –respondió Zeke, pensando que era la segunda vez que oía a su amigo llamarla Abby.

Muy interesante.

–Bueno, ¿qué piensas? –le preguntó Brad cuando ya estaban en el coche.

Zeke rio.

–Pienso que es una pena que no ganases ese concurso –dijo Zeke riendo.

Brad echó la cabeza hacia atrás y rio también.

–Eh, no sabes cómo era Abigail entonces. Era la bomba. Podía ganar a cualquiera en lo que fuese.

Zeke se preguntó si su amigo se había dado cuenta de que acababa de hacerle un cumplido a Abigail.

–Ya veo. Con respecto a Miguel Rivera, creo que voy a tener que ir a Denver. Si Diane Worth es la madre de Sunnie, quiero saber qué tiene que ver Miguel Rivera con su desaparición. Y creo que todas las respuestas están en Denver.

Brad asintió.

–¿Y crees que puede tener algo que ver con mi hermano Michael?

–No estoy seguro, pero sé que la niña no es tuya y tiene que ser de alguien. Y ambos sabemos que Michael tenía un problema con el alcohol y las drogas.

–Sí, pero solo las consumía, no traficaba con ellas –dijo Brad.

–Que nosotros sepamos –comentó Zeke–. ¿Encontraste algo que pudiese relacionarlo con alguna mujer cuando fuiste a su casa a recoger sus cosas?

–No me fijé en eso. Además, no había mucho en ese tugurio que él llamaba apartamento. Lo metí todo en una caja, si quieres verlo, está en casa de mis padres.

–Sí, pero iremos después de pasar por la casa de acogida –le dijo Zeke.

–¿Te marchas a Denver mañana? –le preguntó Sheila horas después.

Estaban sentados a la mesa de la cocina y Zeke tenía a Sunnie en brazos. Le estaba haciendo muecas para que se riese.

Sheila intentó calmar el desasosiego que estaba creciendo en su interior al enterarse de que iba a marcharse.

«Es un viaje de trabajo, tonta», se dijo a sí misma. «No es personal. Zeke no es Crawford».

–Sí, tengo que ir a averiguar más cosas del tal

Miguel Rivera. Puede ser el tipo que recogió a Diane Worth de la casa de acogida la noche que desapareció. Gracias a las cámaras de seguridad hemos conseguido unas imágenes tan buenas de la mujer que ya están en manos de la policía.

—¿Cuánto tiempo estarás fuera? —le preguntó Sheila.

—No estoy seguro. No quiero volver hasta que no haya averiguado algo. Tengo muchas dudas por resolver.

Ella asintió.

Sabía que Zeke iba a Denver para poder cerrar el caso de Sunnie, pero, no obstante...

—Bueno, espero que averigües algo concluyente. Por el bien de Sunnie.

«Y por el tuyo», pensó Zeke, estudiando su rostro.

Sabía que Sheila estaba cada vez más unida a la niña. En lo primero que se había fijado al llegar a la casa era que sus cosas volvían a estar por todas partes.

—¿Qué vas a hacer mientras estoy fuera? —le preguntó.

—¿Con Sunnie aquí? No te preocupes, que no me voy a aburrir —le contestó. Luego hizo una pausa antes de preguntarle—: No te vas a olvidar de mí, ¿verdad?

Él dejó a Sunnie en su sillita y luego la miró. Sabía que aquella era una pregunta importante para Sheila. Se levantó, la agarró de las manos e hizo que se pusiese de pie.

–No te preocupes, no voy a poder olvidarme de la mujer de la que me he enamorado.

Ella lo miró con incredulidad.

–Sé que es una locura, teniendo en cuenta que solo nos conocemos desde hace dos semanas, pero es verdad, Sheila. Te quiero y, pienses lo que pienses, no me voy a olvidar de ti. Y voy a volver. Estaré aquí si me necesitas, solo tienes que llamarme.

La vio con los ojos llenos de lágrimas.

–Yo también te quiero, pero tengo miedo –balbució Sheila.

–Yo también lo tengo, nena. Es la primera vez que le entrego mi corazón a una mujer, pero es tuyo. Y nunca hago promesas que no vaya a cumplir, cariño. Quiero que sepas que puedes contar conmigo.

Y entonces inclinó la cabeza y selló su promesa con un beso, comunicándole de esta manera que no solo la deseaba sino que también la quería.

La quería y mucho.

Ella le devolvió el beso con la misma pasión que Zeke le estaba poniendo y este supo que si no paraban se sentiría tentado a llevársela al piso de arriba, cosa que no podía hacer porque Sunnie estaba despierta.

Tendrían que dejarlo para después.

***

Sheila se despertó y vio que la cama estaba vacía a su lado.

¿Se habría marchado Zeke a Denver sin decirle adiós?

Intentó no sentirse mal, se enrolló la sábana al cuerpo desnudo y se acercó a la ventana.

¿Estaría Zeke subido ya a un avión?

No le había dicho cuándo iba a volver, pero le había dicho que lo haría y que la quería.

La quería.

Deseaba creerlo y...

—¿Qué haces en la ventana?

Ella se giró sorprendida.

—Estás aquí.

—Sí, ¿dónde pensabas que estaba? —le preguntó Zeke riendo.

—Pensé que te habías marchado a Denver.

—¿Sin despedirme?

Se contuvo para decirle que eso era lo que había hecho siempre Crawford.

—Lo que tienes que hacer allí es importante.

—Tú también lo eres.

Zeke entró en la habitación y dejó la taza de café que llevaba en la mano en la mesilla.

—Ven aquí, cariño.

Ella se acercó.

—Anoche te dije que me había enamorado de ti, ¿no? —le recordó él.

—Sí.

—Pues necesito que me creas. Confía en mí, ¿de acuerdo?

–De acuerdo –respondió Sheila sonriendo.

Zeke iba a abrazarla cuando oyeron a Sunnie a través del intercomunicador.

–Creo que tendremos que dejarlo para otro momento. Voy a ir a echar un vistazo a las pertenencias del hermano de Brad. Sus primos de Waco aseguran no tener nada que ver con Sunnie. Y me marcharé a Denver mañana.

Luego retrocedió.

–Vístete con tranquilidad, yo me ocuparé de la niña. Y no me preguntes si voy a saber vestirla y darle el desayuno, ya sabes que sí.

Ella rio.

–Es verdad. Y algún día serás un padre estupendo.

Él sonrió de oreja a oreja.

–¿Eso piensas?

–Sí.

–Me lo tomaré como un cumplido –le respondió Zeke–. Tómate tu tiempo. Sunnie y yo te estaremos esperando en la cocina.

Cuando Sheila bajó a la cocina, vestida con unos pantalones negros y una blusa rosa, Zeke le dijo:

–Hace un día estupendo. ¿Por qué no hacemos algo?

Sheila se sorprendió:

–¿Algo? ¿Como qué?

–Como llevar a Sunnie a la feria de Somerset.

–Pensaba que querías ir a ver esas cajas del hermano de Brad.

–Sí, pero puedo hacerlo después. Acabo de comprar un billete para Denver, me marcho mañana a primera hora, así que hoy quiero pasar el máximo tiempo posible con mis dos chicas favoritas.

–¿De verdad?

–De verdad. ¿Qué te parece?

–Me parece estupendo –respondió Sheila, sonriendo de oreja a oreja.

Buscaron todo lo que podían necesitar para Sunnie y poco después estaban en el coche.

Zeke sabía que Sheila seguía teniendo dudas, pero iba a tener paciencia e iba a seguir demostrándole lo mucho que significaba para él.

No tardaron en llegar a la feria, por la que pasearon con Sunnie en su sillita.

Como era sábado había mucha gente.

Tanto él como Sheila se encontraron con personas conocidas. Saludaron a la hermana de Brad, Sadie, y a su marido Ron, así como a las gemelas de ambos.

También se encontraron con Mitch Hayward, presidente en funciones del club, y Jenny, que había sido su secretaria. Se habían enamorado y en esos momentos estaban esperando un bebé.

Pero a quien más le sorprendió ver a Zeke fue a Darius. No sabía que su socio había vuelto a la ciudad.

–Darius, ¿cuándo has vuelto? –le preguntó, dándole la mano.

–Anoche. He terminado antes de lo previsto y he vuelto en cuanto he podido –le respondió este, mirando a su mujer con una sonrisa en los labios.

Zeke rió.

–No hace falta que me des explicaciones, te comprendo –le dijo.

Iba a presentarles a Sheila, pero vio que Darius la saludaba con un abrazo y se dio cuenta de que ya se conocían.

–Ah, y esta es la pequeña de la que tanto he oído hablar –dijo Darius, sonriendo a Sunnie–. Es una niña preciosa.

Charlaron unos minutos antes de despedirse y quedaron en verse cuando Zeke volviese de Denver.

–Me caen bien Darius y Summer –comentó Sheila cuando estos se hubieron alejado–. Es evidente que Darius la adora.

Zeke asintió y pensó que, algún día, Sheila y él tendrían la misma relación que Darius y Summer.

Capítulo Once

Zeke estaba muy satisfecho de las amistades que había hecho en el equipo de fútbol de la universidad. El hombre con el que tenía que hablar, Harold Mathis, estaba al frente de la Unidad Antidrogas y era además hermano de uno de sus compañeros.

Mathis enseguida le puso al corriente de todo lo relacionado con Miguel Rivera y reconoció a Diane Worth como una mujer con la que se le había visto en varias ocasiones.

Zeke supo que tenía que encontrar la relación entre Diane Worth y Michael Price.

No había encontrado nada significativo entre las pertenencias de este, pero estaba decidido a averiguar si Diane Worth era la madre de Sunnie.

Había alquilado un lujoso apartamento para alojarse durante el tiempo que estuviese en Denver y había ido a comprar algo de comida.

Mirando por una de las ventanas con vistas a la ciudad pensó en lo mucho que ya echaba de menos a sus chicas.

Había empezado a tomarle cariño a Sunnie, que era una niña encantadora.

Y a Sheila la quería todo lo que la podía querer y estaba decidido a que la distancia no la hiciese dudar de su amor.

Tomó los documentos que había dejado encima de la mesa y se puso a trabajar.

Un rato después, iba a darse una ducha cuando sonó el teléfono.

–¿Dígame?

–He recibido otra carta de chantaje, Zeke.

Él asintió.

Se había imaginado que ocurriría antes o después.

–Sigue queriendo dinero, ¿verdad?

–Sí, dice que si no le pago hará público que tuve una relación con una prostituta.

Evidentemente, era mentira, pero el extorsionador quería que Brad le pagase para evitar un escándalo.

–Sé que te va a costar hacerlo, pero, por el momento, ignórala. Está claro que la persona que está intentando chantajearte piensa que te tiene, y vamos a demostrarle que está equivocado.

Cuando Zeke terminó de hablar con Brad estaba más decidido que nunca a encontrar alguna relación entre Rivera y Worth.

–¿Que estás pensando en casarte?

«Otra vez», pensó Sheila, aunque no debía haberse sorprendido.

Su madre odiaba estar soltera y siempre conseguía marido cuando quería tenerlo...

—Sí, lo estoy pensando. Me gusta Charles.

«Lo conociste la semana pasada. Hace un par de ellas me estabas preguntando por el doctor Morgan».

Sheila decidió no recordarle a su madre todos los demás hombres que también le gustaban, pero ella hizo una lista mental.

—Te deseo lo mejor, mamá.

Y era cierto.

Quería que su madre fuese feliz. Casada o soltera.

—Gracias. ¿Qué es eso que oigo de fondo? Parece un niño.

Sheila no tenía ninguna intención de contarle a su madre la historia de Sunnie.

—Es un bebé. Lo estoy cuidando.

No era del todo mentira.

—Me alegro, cariño, porque es muy probable que nunca tengas hijos. Tu reloj biológico avanza y no tienes ninguna posibilidad.

Sheila sonrió.

Que su madre pensase lo que quisiese, le daba igual.

—No hace falta un hombre para quedarse embarazada, mamá. Solo hace falta esperma.

—Por favor, no hagas una tontería. Espero que no estés pensando en esas cosas. Además, quedarse embarazada puede arruinar la vida de una mujer.

Sheila puso los ojos en blanco.

Iba a decir algo, para cambiar de tema, cuando llamaron a la puerta.

—Mamá, tengo que colgar. Han llamado a la puerta.

—Ten cuidado. Siempre hay algún loco en las ciudades pequeñas.

—No te preocupes, mamá, tendré cuidado.

En ocasiones, era mejor no discutir.

Colgó el teléfono y miró a Sunnie, que estaba jugando tan feliz, y fue a la puerta.

Miró por la mirilla y vio a una mujer con un bonito ramo de flores. Imaginó que serían para su vecina, que no debía de estar en casa, y abrió la puerta.

—Hola.

La mujer sonrió.

—Traigo unas flores para Sheila Hopkins.

Sheila miró a la otra mujer con sorpresa.

—Soy yo. ¿Son para mí?

—Sí —respondió la mujer, dándole las flores, que iban metidas en un bonito jarrón—. Que las disfrute.

La mujer se marchó y Sheila se quedó allí, todavía sin creerlo.

La mujer ya se había marchado en su coche cuando Sheila entró en casa y cerró la puerta.

Miró las flores, era un ramo precioso. Colocó el jarrón en el que consideró que era el mejor lugar y tomó la tarjeta, que decía: «Pienso en ti, Zeke».

A Sheila se le aceleró el corazón.

Estaba lejos, pero pensaba en ella. Se sintió feliz. Zeke era demasiado bueno para ser verdad, y decía que la quería. Ella deseaba tanto creerlo, pero...

Se giró hacia Sunnie.

–Mira lo que ha mandado Zeke. Me siento especial... y querida.

La niña ni la miró y continuó jugando con un juguete que Zeke le había comprado en la feria, pero a Sheila no le importó.

Solo quería dejar de tener miedo de que Zeke le rompiese el corazón.

Unos días después, mientras hablaba por teléfono con un policía de Denver, Zeke agarró con fuerza el auricular.

–¿Estás seguro? –le preguntó.

–Sí –respondió el otro hombre–. Lo he comprobado con el hospital de Nueva Orleans en el que Diane Worth dio a luz a una niña hace cinco meses. Podemos interrogarla, ya que abandonar a un bebé es un delito.

Zeke respiró hondo.

–Necesitamos pruebas de que es la madre de Sunnie. Si no, estaremos dando tiempo a Miguel Rivera para que se cubra las espaldas.

Zeke se quedó pensativo e hizo una pausa antes de añadir.

–Necesitaríamos una muestra de ADN de

Worth. ¿Cómo podemos conseguirla sin que se entere?

–Creo que tengo una idea –dijo el agente, compartiéndola con Zeke.

–Puede funcionar. Lo hablaré con Mathis.

–Merece la pena intentarlo, si eso la relaciona con Rivera. Queremos encerrarlo lo antes posible.

Esa noche, como todas las demás, Zeke llamó a Sheila.

Le había enviado otro ramo de flores y unos bombones por la mañana, para que pensase en él y se diese cuenta de que no la olvidaba.

Sheila le dio las gracias por los regalos y le contó que Brad se había pasado por su casa para ver cómo estaba Sunnie. Y que la niña se había sentido tan fascinada con él como había hecho con ella el primer día.

A su vez, Zeke le contó lo que habían averiguado de Diane Worth.

–Al parecer va a la peluquería todas las semanas. Allí la policía encontrará muestras de su ADN. En cuanto tengan algo que la relaciones con Sunnie, la interrogarán.

–¿Y qué relación crees que tenía con Michael Price? –le preguntó ella.

–No estoy seguro, pero creo que no tardaremos en aclarar algunas cosas.

Charlaron un rato más.

A Zeke le gustaba que Sheila le contase lo que Sunnie había hecho durante el día, en especial, que se entretenía mucho con el juguete que le había comprado en la feria.

–Te echo de menos –le dijo de todo corazón. Hacía más de una semana que no la veía.

–Y yo a ti, Zeke.

Él sonrió. Eso era lo que quería oír.

Y ya que habían empezado…

–Te quiero –añadió.

–Y yo. Vuelve pronto a casa.

A casa.

Zeke la quiso todavía más en ese momento.

–Lo haré, en cuanto haya resuelto este caso.

Un par de días después las piezas del puzle empezaban a encajar.

Diane Worth era la madre biológica de Sunnie.

Cuando la interrogaron dijo que su bebé estaba de viaje con su padre, pero las pruebas de ADN realizadas demostraron que era la madre de Sunnie y la mujer terminó por confesar.

Admitió que Rivera había planeado que conociese a Michael Price con la única intención de que este la dejase embarazada y que la había pagado para que esto ocurriese.

Había sido Rivera quien había puesto narcóticos en la bebida de Michael la noche de su fatal accidente.

Diane también les había contado que, antes de aquella noche, Michael había estado casi seis meses limpio, y que tenía pensado hacer las paces con su familia e intentar llevar una vida normal.

Zeke había mantenido a Brad informado de todo.

Toda la familia Price estaba destrozada, después de conocer las causas de la muerte de Michael, y estaban deseando acoger a Sunnie.

Brad había decidido convertirse en su tutor legal.

Esa noche, cuando Zeke llamó a Sheila, que volvía a estar emocionada porque le había vuelto a mandar flores y bombones, odió tener que ser él quien le diese la noticia. Aunque era una buena noticia para Sunnie, que sería criada por Brad, iba a ser muy duro para ella.

–Ya está el caso cerrado, Sheila.

A Sheila le dio un vuelco el corazón.

Zeke continuó:

–Diane Worth ha confesado y ha implicado a Miguel Rivera. Brad quiere ser el tutor legal de Sunnie. Sus abogados ya se están ocupando de todo el papeleo para hacerse con la custodia legal de la niña. Y la conseguirá. No lo tiene muy difícil. De todos modos, su madre no se la merece, solo se quedó embarazada de ella por dinero.

Como Sheila no decía nada, Zeke hizo una pausa y luego añadió.

–Dice que no supo que Rivera iba a matar a Michael hasta que no era ya demasiado tarde.

Al fin, Sheila habló:

–Supongo que eso significa que tengo que empezar a recoger las cosas de Sunnie. Brad vendrá a por ella cualquier día –comentó Sheila con tristeza.

–Según me ha dicho Brad, lo hará a finales de semana. Yo ya estaré de vuelta. No te dejaré sola.

–Gracias, Zeke. Significaría mucho para mí que estuvieses a mi lado –admitió Sheila.

Charlaron un rato más y luego se dieron las buenas noches y colgaron.

Zeke supo que Sheila estaba triste y deseó poder estar allí para abrazarla, hacerle el amor y asegurarle que todo iría bien.

Tendrían sus propios hijos algún día. Todos los hijos que ella quisiera, se lo prometería en cuanto la viera.

Un par de días después, Sheila acababa de dar el desayuno a Sunnie cuando sonó el teléfono.

–¿Dígame?

–Sheila, soy Lois. ¿Estás bien?

A Sheila estuvo a punto de caérsele el teléfono.

La última vez que su hermana la había llamado había sido para decirle que no fuese a visitarlos.

–Sí, ¿por qué no iba a estarlo?

–Has vuelto a salir en las noticias. La policía de Denver ha resuelto un caso de asesinato relacionado con un capo de la droga. Han dicho que este utilizaba a mujeres para seducir a hombres ricos, quedarse embarazadas y utilizar a los bebés para extorsionarlos. Tengo entendido que esto ha ocurrido en Royal y que tú has estado cuidando de un bebé abandonado mientras se resolvía el caso.

Sheila suspiró, decepcionada por su hermana, que, una vez más, solo la llamaba cuando salía por televisión.

–Sí, es cierto.

–Eso es maravilloso. Ted se preguntaba si podrías ponerte en contacto con el detective que ha ayudado a solucionar el caso.

–¿Para qué?

–Para que aparezca en su programa, a ver si así consigue que suba la audiencia.

–La verdad es que conozco al detective muy bien, pero si Ted o tú queréis poneros en contacto con él, tendréis que hacerlo sin mi ayuda –le contestó. Estaba decidida a decirle lo que pensaba–. Soy tu hermana y solo me llamas cuando necesitas que te haga un favor. Ese no es el tipo de relación que quiero tener contigo, Lois, y si es la única que tú deseas tener conmigo, paso. Adiós.

Colgó el teléfono y no le sorprendió que su hermana no volviese a llamar. Tampoco le sorprendió demasiado recibir una llamada de su madre una hora después.

–¿Por qué sigues metiéndote en esos líos, Sheila? No sabes nada de bebés.

–Soy enfermera, mamá. Estoy acostumbrada a cuidar de la gente.

–Pero, ¿de un bebé? Bueno, menos mal que no me lo han dado a mí.

–Eso ya lo sé –replicó Sheila.

Los comentarios de su madre le recordaron que en dos días tendría que entregar a Sunnie a Bradford Price. Este la había llamado la noche anterior y hacían acordado hacerlo en el Club de Ganaderos de Texas.

No tenía ninguna gana de separarse de Sunnie.

La única noticia buena era que Zeke llegaría esa misma noche y no estaría sola. Él la apoyaría. Era la primera vez que alguien hacía eso por ella. y estaba deseando verlo después de casi dos semanas.

Zeke paró de hacer la maleta y miró a Mathis a los ojos.

–¿Qué quieres decir con que el abogado de Rivera está intentando que quede impune debido a un error de forma? Tenemos una confesión de Diane Worth.

–Lo sé –dijo Mathis con frustración–, pero Rivera tiene uno de los mejores abogados de la ciudad. Están intentando que Worth cargue con el muerto. El abogado de Rivera dice que este es un ciudadano modélico al que le han tendido una trampa.

–Eso es mentira, estoy seguro.

–Sí, pero por el momento no tenemos ninguna prueba de que estuviese en Nueva Orleans cuando Michael Price murió. Tenemos menos de veinticuatro horas para demostrarlo, si no, se nos escapará.

Zeke se maldijo.

–No lo voy a permitir. Quiero volver a hablar con Worth. Tal vez se nos haya escapado algo que pueda demostrar que no fue ella la que urdió el plan.

Unas horas más tarde, Zeke y Mathis estaban sentados frente a Diane Worth.

–Me da igual lo que diga Miguel –les dijo esta casi llorando–. El plan lo ideó él, no yo.

–¿Y lo puedes demostrar de alguna manera? –le preguntó Zeke.

Se miró el reloj.

En esos momentos tenía que haber estado en un avión de camino a Royal. Tendría que llamar a Sheila para avisarla de que no iba a llegar esa noche.

–No, no puedo demostrarlo –admitió Worth–. Un momento. De camino a Nueva Orleans paramos a repostar y Miguel entró en la gasolinera a comprar cigarrillos. Había mucha gente, seguro que hay alguien que se acuerda de él, porque no tenían su marca habitual y le montó un número al dependiente.

Zeke miró a Mathis.

—Y si nadie se acuerda de él, seguro que las cámaras de seguridad lo tienen grabado.

Ambos hombres se pusieron en pie.

Tenían menos de veinticuatro horas para demostrar que Miguel había estado en Nueva Orleans aunque él asegurase que no.

Sheila cambió de postura en la cama y miró el reloj, emocionada.

El avión de Zeke debía de haber aterrizado ya con seguridad.

Seguro que iba directo a su casa y estaba deseando verlo.

Había hablado con Brad e iba a llevarle a Sunnie a las tres de la tarde del día siguiente.

Era como si Sunnie se hubiese dado cuenta de que pasaba algo, porque había estado muy mimosa todo el día. A ella no le había importado porque también había necesitado estar lo más cerca de ella posible.

Sonrió al oír que sonaba su teléfono móvil. Era Zeke.

—¿No me digas que estás fuera? —preguntó, incapaz de contener su alegría.

—No, cariño. Sigo en Denver. Ha surgido algo

174

relacionado con el caso y es probable que no pueda volver hasta dentro de tres días.

¿Tres días? Eso significaba que no estaría allí cuando se separase de Sunnie.

–Pensé que ibas a volver esta noche para poder estar aquí el jueves. Conmigo.

–Lo intentaré, pero…

–Sí, ya lo sé. Ha surgido algo. Lo entiendo –le dijo ella, intentando ocultar su decepción.

¿Cómo había podido pensar que Zeke era diferente?

–Tengo que colgarte, Zeke.

–No, no me cuelgues, Sheila. Piensas que prefiero estar aquí a estar contigo y no es verdad.

–¿No?

–No, y tú deberías saberlo. Tengo que estar aquí si no quiero que Miguel Rivera se escape.

Sheila sabía que no estaba siendo razonable, pero, aun así, no podía evitar sentir que Zeke la estaba engañando.

–Y, por supuesto, no puedes permitirlo –espetó.

Él guardó silencio durante un minuto y luego añadió:

–¿Sabes cuál es tu problema, Sheila? Que no puedes disfrutar del futuro porque te niegas a dejar marchar al pasado. Piénsalo. Hasta pronto. Adiós.

En vez de despedirse, Sheila colgó el teléfono. ¿Cómo se atrevía Zeke a insinuar que era ella la que tenía el problema? ¿Qué le hacía pensar que él no los tenía? No había nadie que no tuviese problemas.

Volvió a tumbarse en la cama, negándose a que los comentarios de Zeke la afectasen, pero supo que era demasiado tarde. Ya la afectaban.

Capítulo Doce

Dos días más tarde, Zeke acudió agotado al aeropuerto de Denver para regresar a Royal.

Había volado a Nueva Orleans con Mathis y habían entrevistado al dueño de la gasolinera. Su testimonio, junto con la grabación de la cámara de seguridad, habían demostrado que Rivera había estado allí. Con aquello, habían vuelto a Denver la noche anterior.

Después de revisar las pruebas esa mañana, un juez había negado la libertad con fianza a Rivera y se había negado a retirar los cargos. Y, por si no fuese suficiente, el laboratorio les había mandado los resultados de otra prueba. Se había encontrado un cabello de Rivera en la chaqueta de Michael.

Zeke estaba satisfecho.

Se miró el reloj. Lo bueno era que iba a estar en Royal un día antes de lo que había imaginado. Todavía no era mediodía, así que si el vuelo no se retrasaba estaría allí a las dos, justo a tiempo para estar con Sheila cuando le entregase la niña a Brad. La había llamado esa mañana, pero no había conseguido localizarla. Se imaginaba que estaba disgustada, pero antes o después tenía que empezar a creerlo. Si pensaba que iba a deshacerse de él tan fácilmente estaba muy equivocada. Sheila era su vida y él pretendía ser también la suya.

Volvió a mirarse el reloj, seguro de que no tardarían en embarcar. Estaba deseando llegar a Royal para ver a Sheila y abrazarla, para hacerle el amor toda la noche. Aunque no hubiese pretendido enamorarse de ella.

Los altavoces del aeropuerto interrumpieron sus pensamientos:

—Informamos a los pasajeros del vuelo 2221 de que, por problemas mecánicos, su vuelo se verá retrasado tres horas.

Zeke se maldijo, frustrado. No tenía tres horas. Le había dicho a Sheila que intentaría llegar a tiempo y tenía que hacerlo. No podía defraudarla.

Y sabía cuál era la única manera de conseguirlo. Sacó su teléfono y marcó un número.

—¿Dígame?

Tragó saliva antes de hablar.

—Papá, soy Zeke.

—Dime, hijo.

Zeke volvió a respirar hondo. Nunca le había pedido nada a su padre, pero iba a tener que hacerlo en aquella ocasión.

—Tengo que pedirte un favor.

***

–Gracias por cuidarla, señorita Hopkins –le dijo Bradford Price mientras Sheila le entregaba a Sunnie en el club.

–No tiene que dármelas, señor Price. Ha sido un placer cuidar de Sunnie estas semanas –le respondió ella, conteniendo las lágrimas–. Tengo todas sus cosas preparadas para que se las lleve. Fue usted quien las pagó y va a necesitarlo todo.

Sunnie la estaba mirando, pero Sheila no quería mirar a la niña a los ojos por miedo a derrumbarse.

–De acuerdo. Pasaré por su casa luego, si le parece bien –contestó Brad.

–Sí, por supuesto.

Luego se dispuso a darle varias recomendaciones acerca del bebé, aunque tuvo que hacer un gran esfuerzo para poder hablar.

–Se pone nerviosa si no desayuna sobre las ocho y duerme toda la noche del tirón si se le da un baño antes. Suele estar en la cama a las siete. Durante el día, duerme una siesta corta después de comer. Y tiene un juguete que es su favorito. Se lo compró Zeke en la feria. Puede pasarse horas jugando con él.

–Muchas gracias por contármelo, y por si eso le hace sentir mejor, ya que soy soltero, le diré que pretendo ocuparme muy bien de mi sobrina. Además, puedo decir que se me dan bien los niños. Mi hermana tiene gemelas y he pasado mucho tiempo con ellas cuando eran bebés.

–Lo siento, señor Price, no pretendía insinuar que no fuese capaz de cuidar de ella.

Bradford Price sonrió.

–Lo sé. También sé que quiere a la niña. Lo veo en sus ojos cuando la mira. Y, por favor, llámeme Brad. El señor Price es mi padre.

A Sheila se le encogió el corazón al recordar que Zeke le había hecho el mismo comentario. Lo echaba mucho de menos y sabía que no había sido justa con él cuando la había llamado para contarle que tendría que retrasar su vuelta a Royal.

–Sí, la quiero mucho, Brad. Es muy fácil quererla, ya lo verás.

Lo miró fijamente un minuto. Era el mejor amigo de Zeke. Se preguntó cuánto sabría acerca de su relación. Aunque en esos momentos daba igual lo que supiese. Iba a ser el tutor de Sunnie y estaba segura de que lo iba a hacer bien.

–Estoy deseando que forme parte de la familia. Michael lo habría querido así. Yo quería mucho a mi hermano y todos intentamos ayudarlo. Al menos sé que estaba intentando cambiar su vida y, en parte, creo que lo habría conseguido. No es justo que Miguel Rivera terminase con su vida como lo hizo.

–No, no es justo –admitió ella.

–Por eso se ha tenido que quedar Zeke un par de días más en Denver –continuó Brad–. El abogado de Rivera ha intentado conseguir que se retirasen los cargos contra su cliente, asegurando que

Rivera no estaba en Nueva Orleans cuando Michael murió, por eso Zeke tuvo que viajar a Nueva Orleans ayer, para poder demostrar lo contrario. Gracias a él, Rivera va a pagar por lo que hizo. Zeke me ha llamado hace una hora, su vuelo se ha retrasado debido a problemas mecánicos.

Sheila asintió. Ya sabía por qué Zeke no estaba allí. Y lo entendía. Aunque tenía que haberlo comprendido dos noches antes y haberle dado la oportunidad de explicarse. En esos momentos no solo estaba perdiendo a Sunnie, sino que había perdido a Zeke también.

Lo había apartado de su vida porque no podía olvidarse de su pasado. Le daba demasiado miedo que la engañasen y por eso no podía abrirle su corazón. Le dio miedo haberse quedado realmente sola.

Siguió conteniendo las lágrimas.

—Yo la llamo Sunnie —añadió—, pero supongo que tú querrás llamarla de otra manera.

Brad sonrió mientras miraba a la niña.

—No, se llama Sunnie y no le cambiaré el nombre. Creo que Sunnie Price le va muy bien.

Luego miró a Sheila.

—¿Tienes un segundo nombre?

A ella le sorprendió la pregunta.

—Sí, Nicole.

—Bonito nombre. ¿Qué tal suena Sunnie Nicole Price?

A Sheila le costó encontrar la voz necesaria para preguntar:

–¿Le vas a poner mi nombre?

Brad rio.

–Sí, la has cuidado muy bien y te lo agradezco. Además, eres su madrina.

Otra sorpresa más.

–¿De verdad?

–Me gustaría que lo fueras. Quiero que siempre formes parte de la vida de mi sobrina, Sheila.

Esta se sintió feliz.

–Me encantaría. Será un honor.

–Bien. Ya te avisaré de cuándo es el bautizo.

–De acuerdo.

–Ahora, será mejor que me marche.

Sheila se inclinó a darle un beso en la mejilla a Sunnie. La niña estaba tan contenta con Brad como con ella y eso era muy buena señal.

–Espero que te portes bien, cariño –le dijo a la pequeña.

Y antes de venirse abajo y ponerse a llorar, se dio la media vuelta y se marchó.

Fue directa al cuarto de baño de señoras que tenía más cerca y allí dejó por fin escapar las lágrimas que había estado conteniendo. Lloró por el bebé del que se acababa de separar y por el hombre al que había perdido. Estaba sola, y aunque esa era la historia de su vida, no era justo. Quería tener algún día sus propios hijos, pero sabía que eso no ocurriría. Jamás volvería a amar a otro hombre. Había tenido al hombre de su vida y lo había dejado escapar porque no era capaz de olvidarse del pasado.

Zeke tenía razón. El problema lo tenía ella.

–Perdona, no quiero entrometerme, pero ¿estás bien?

Sheila se giró y vio a una mujer pelirroja y con los ojos azules, amables. No la conocía, pero su pregunta hizo que Sheila llorase todavía más y le contase todo lo de Sunnie y que acababa de perder al hombre al que amaba y, con él, la oportunidad de tener hijos.

La extraña le brindó un hombro en el que llorar y la reconfortó.

–Sé cómo te sientes. Me gustaría tener un hijo más que nada en este mundo, pero no puedo –le contestó la mujer, conteniendo también las lágrimas–. No soy capaz de aceptar que jamás podré ser madre, aunque sé que tengo que hacerlo.

Sheila empezó a tranquilizarla, como había hecho la otra mujer con ella unos minutos antes y esta se presentó en cuanto se hubo calmado:

–Por cierto, soy Abigail Langley.

–Y yo Sheila Hopkins.

Sheila sintió simpatía por ella y supo que, aunque la acababa de conocer, aquel era el principio de una gran amistad.

Poco después salían las dos del cuarto de baño con los ojos rojos y la nariz hinchada, planeando quedar a comer muy pronto.

El sol brillaba cuando Sheila y Abigail llegaron a la calle. Sheila miró hacia el cielo. Hacía frío, pero era un precioso día de noviembre.

Notó que Abigail le daba un codazo.

–Creo que te están esperando.

Sheila miró hacia el aparcamiento y vio a Zeke. Estaba al lado de su coche, con un ramo de flores en la mano. Sheila se alegró de verlo y el corazón se le llenó de amor. Había vuelto a ella a pesar de sus problemas. Había vuelto.

Corrió por el aparcamiento, a sus brazos, y se besaron. Y en ese momento supo que Zeke siempre sería su sol y que su propio corazón brillaría para él durante el resto de sus vidas.

Cómo la había echado de menos. Dos semanas había sido demasiado tiempo. Siguió besándola y deseó hacerle el amor allí mismo, pero lo primero era lo primero. Se apartó para decirle que la quería, pero antes de que le diese tiempo a hablar, empezó ella.

–Lo siento, Zeke. Tenía que haber sido más comprensiva contigo. Y tenías razón, tengo un problema, pero te prometo trabajar en él y...

Zeke la volvió a besar para que se callase. Y cuando se apartó de nuevo, fue para darle las flores.

–Toma, son para ti.

Ella las miró y pensó que iba a volver a ponerse a llorar. Luego lo miró a él.

–¿Me has traído flores después de lo mal que me porté contigo por teléfono?

–Sé que estabas disgustada, pero eso no va a alejarme de ti, Sheila.

Ella se limpió una lágrima que se le había escapado.

—Me alegro. Tenía entendido que se había retrasado tu avión. ¿Cómo has podido llegar tan pronto?

—Llamé a mi padre y le pedí un favor.

Sheila se dio cuenta de lo que Zeke había hecho por ella.

—Oh, Zeke. Te quiero tanto —le dijo, otra vez con los ojos llenos de lágrimas.

—¿Lo suficiente como para casarte conmigo y darme hijos?

Ella asintió mientras se limpiaba las lágrimas.

—Sí. ¡Sí!

—Bien.

Zeke sacó un bonito anillo y se lo puso en el dedo.

Sheila se quedó boquiabierta mirándolo.

—Pero… ¿Cómo?

Él rio.

—Otro favor de mi padre, que me ha mandado a su joyero al avión con una selección de anillos. Y a un agente de viajes.

—¿Un agente de viajes?

—Sí. Nos casaremos la semana que viene e iremos a pasar dos semanas a Aspen. Me niego a pasar otras vacaciones más soltero y, como ninguno de los dos sabemos esquiar, Aspen será genial. Nos pasaremos el día metidos en nuestra cabaña. Creo que va siendo hora de buscar ese bebé que ambos queremos.

Sheila pensó que no podía quererlo más. Tal vez para él fuese una tentación, pero, para ella, él era su héroe. Su felicidad.

–Ven –le dijo Zeke, tomándole la mano con firmeza–. Vamos a casa a planear la boda... entre otras cosas. Y vamos en mi coche, ya vendremos a por el tuyo después.

–Piensas en todo –comentó ella sonriendo y dejándose llevar.

Él rio.

–Por ti, lo intentaré siempre, cariño.

Sheila estaba segura. Zeke era la prueba de que los sueños podían hacerse realidad.

Epílogo

Tal y como Zeke había querido, se habían casado una semana después en el Club de Ganaderos de Texas en una ceremonia íntima a la que solo habían asistido la familia y algunos amigos. Brad y Summer habían sido los padrinos. Y Abigail, la nueva amiga de Sheila, la había ayudado a escoger el vestido.

Su madre había aparecido acompañada de su futuro marido número seis. Y Lois, con su familia. Al parecer, Ted pretendía sacarle partido al hecho de tener a Zeke de cuñado.

Brad había llevado también a Sunnie. Y a Sheila le había sorprendido ver lo mucho que Zeke se parecía a sus hermanos.

Durante la recepción, Zeke había visto a Brad charlando con Abigail. Últimamente se llevaban mejor y, por el momento, parecían haber olvidado su pugna por la presidencia del club.

Zeke volvió a mirar a su mujer y se dijo que era un hombre muy afortunado. Habían decidido intentar tener hijos lo antes posible y él estaba deseándolo.

–Nos vamos a marchar enseguida. ¿Estás lista?

–Sí –respondió Sheila mirando a Sunnie.

–¿Por qué sonríes? –le preguntó él.

–Por ti, por este día, por nuestra luna de miel, porque vamos a pasar el resto de nuestras vidas juntos… la lista es interminable, ¿hace falta que continúe?

–No. Sé cómo te sientes porque yo me siento igual.

Y era cierto. Sheila era la mujer con la que siempre había soñado. Sería su amante, su mejor amiga y su confidente. La mujer que había sido y siempre sería su tentación, a la que siempre amaría.

En el Deseo titulado
En la cama con su rival, de Kathie DeNosky,
podrás continuar la serie
CATTLEMAN'S CLUB

Deseo

La hija de la doncella

JANICE MAYNARD

Devlyn Wolff creía haber dejado atrás su costumbre de rescatar a damiselas en apuros. Después de todo, el millonario ya había tenido bastantes problemas por jugar a ser héroe. Aun así, cuando Gillian Carlyle tuvo un accidente de coche delante de sus narices, no pudo abandonarla… ni siquiera cuando supo de qué la conocía.

Ofrecerle un trabajo no era su manera de librarse de la sensación de culpa por lo que había ocurrido en el pasado. Tampoco era una artimaña para tenerla cerca. Al menos, eso quería creer él, a pesar de que seducir a la hija de la criada iba a transformar su vida por completo.

*La diferencia de clases
no era un problema*

Bianca

Él acudió a su rescate... y acabó siendo presa de su atracción por ella

Para una estrella como Lily Wild, verse arrestada en el aeropuerto fue como una escena de una película mala, sobre todo cuando descubrió cuáles eran las condiciones de su puesta en libertad... Quedaría bajo la estricta vigilancia del abogado Tristan Garrett, el hombre que había pisoteado su corazón de adolescente muchos años antes...

Tristan, por su parte, estaba decidido a no perder la cabeza otra vez por esa gata salvaje, pero cada vez que la miraba volvía a sentir esa descarga eléctrica, igual que la primera vez, y ya se le estaba acabando la paciencia...

Tras el escándalo

Michelle Conder

Deseo

Aventura clandestina

MICHELLE CELMER

Nada podía impedir que Nathan
Everett se convirtiera en mag-
nate de una compañía petrolífe-
ra... excepto tener una cita con
la hija de su enemigo empresa-
rial. Sin embargo, cuando pensó que ya había dejado atrás la
aventura con Ana Birch, apare-
ció ella, magnífica como siempre... y con un bebé que lucía la
reveladora marca de nacimiento
de los Everett.

Con todo su futuro en juego,
Nathan tenía que tomar una importante decisión. ¿Se atrevería
a hacer pública su relación con

Ana, arriesgándose a perder todo por lo que tanto había
trabajado? ¿O le daría la espalda a la familia que siempre había temido tener?

Una familia inesperada

¡YA EN TU PUNTO DE VENTA!